学生课外阅读书系 插图典藏版

海蒂：木偶百年历险记

［美］雷切尔·菲尔德/著　王德英/译

中原出版传媒集团
中原传媒股份公司

大象出版社
·郑州·

图书在版编目(CIP)数据

海蒂：木偶百年历险记/(美)菲尔德著；王德英译.— 郑州：大象出版社，2016.8(2019.8重印)
(学生课外阅读书系)
ISBN 978-7-5347-8538-2

Ⅰ.①海… Ⅱ.①菲…②王… Ⅲ.①儿童文学—长篇小说—美国—现代 Ⅳ.①I712.84

中国版本图书馆 CIP 数据核字(2015)第 193703 号

学生课外阅读书系

海蒂：木偶百年历险记
HAIDI MUOU BAINIAN LIXIANJI

[美]雷切尔·菲尔德　著
王德英　译

出 版 人	王刘纯
选题策划	智趣文化
责任编辑	李亚楠　王　策
责任校对	倪玉秀
封面绘图	薛　芳
封面设计	史掌欣

出版发行	大象出版社(郑州市郑东新区祥盛街27号　邮政编码450016)
	发行科　0371-63863551　总编室　0371-65597936
网　　址	www.daxiang.cn
印　　刷	北京汇林印务有限公司
经　　销	全国新华书店
开　　本	710mm×1000mm　1/16
印　　张	12
字　　数	141千字
版　　次	2016年8月第1版　2019年8月第3次印刷
定　　价	25.00元

若发现印、装质量问题，影响阅读，请与承印厂联系调换。

目 录

第一章　回忆　　　　　　　　　　　　/1

第二章　飞天和落地　　　　　　　　　/12

第三章　难忘的旅行　　　　　　　　　/23

第四章　出海　　　　　　　　　　　　/31

第五章　捕鲸　　　　　　　　　　　　/42

第六章　再聚首　　　　　　　　　　　/55

第七章　当神的日子　　　　　　　　　/66

第八章　迷失　　　　　　　　　　　　/74

第九章　第二个小朋友　　　　　　　　/85

第十章　我获救了　　　　　　　　　　/97

第十一章　照相和诗人　　　　　　　　/108

第十二章　纽约，时装娃娃　　　　　　/117

第十三章　回到新英格兰　　　　　　　　　　/126

第十四章　新职业　　　　　　　　　　　　　/139

第十五章　学到新知识　　　　　　　　　　　/156

第十六章　回到故乡　　　　　　　　　　　　/166

第十七章　我被拍卖　　　　　　　　　　　　/178

后记　　　　　　　　　　　　　　　　　　　/186

第一章
回　忆

"西奥博尔德！不要用那种眼神看着我！"我最厌恶西奥博尔德那副自以为是的倨傲表情，可它总是睨视着我，一副很不以为然的样子。

布谷鸟报时钟卖掉后，西奥博尔德和我成了古董店里比较有生气的宝贝。西奥博尔德是一只脾气很大的猫，自古董店开业起，它就在这儿了。它总是在夜晚瞪大双眼警惕地在古董店里巡逻，那锐利的爪子有多厉害，我可非常清楚。所以，老鼠从来不敢来古董店冒险。

我是亨特小姐的心肝宝贝——一个古老珍贵的花楸木娃娃。亨特小姐很善良，有一次她发现我从椅子上掉下来碰到了鼻子，竟然连续三天早上说再也不会带着我到处跑了。现在，我就站在亨特小姐堆积如山的账单和白纸中间，背靠着插着羽毛笔的锡制墨水瓶架，旁边还有一个精美的海螺壳。

古董店里面的壁炉台上有个大玻璃罩，你猜，里面放的是什么？是一只帆船的模型。它与我们从波士顿起航时乘坐的"戴安娜号"可没法比。这让我想起那些在海上冒险的日子。阳光照在桅杆上，淡淡的海风吹拂，一股海水的咸腥味儿冲进鼻孔。翻飞的海鸥让人难忘，喷出高大的白色水柱的抹香鲸在船前船后游弋。那是一段多么令人难忘的时光啊！

据说我已经有一百来岁了。那么，我绝对有资格给我的人生写上几笔，或者描绘几幅画。我最喜欢羽毛笔写字的唰唰声，用它写回忆

录最妙不过了。一百多年前,我的"父亲"——听说是一位上了年纪的沿街叫卖的小贩,在缅因州把我制造了出来。对了,那儿并不是他的家乡。那一年,他和往常一样,从五月开始就一直向北沿路推销他的货物,有铜制顶针、装饰帽檐的花边儿、小孩子喜欢的玩具等。天气已经转暖,很多农妇和她们的女儿们耐心地站在家门口的台阶上,翻找着自己喜爱的小商品。

那年,他徒步向北走得很远,一场大雪铺天盖地地落下来,挡住了海边到乡村的道路。我的"父亲"乘着夜色,在雪地里一步一挪地走着,他也不知道什么时候能找到一处温暖的落脚地。

一道晕黄的灯光远远地吸引了他的视线。"太好了!前面有人家。"透过浓重的夜色,他发现了救命稻草——普雷布尔家温暖的厨房。

普雷布尔先生是一位船长,此时他出海远航还没回来。普雷布尔夫人和她的女儿菲比,加上男仆安迪,现在正想着怎样才能让炉火烧

第一章　回忆

得更旺。牲口棚里的马、牛和鸡,一天到晚不消停,照料它们也耗费了他们大量的精力。他们非常渴望能有人来帮忙。正在这时,小贩就像天赐的助手一样从天而降了。

"先生,您能留下来帮帮我们吗?"普雷布尔夫人恳切地问我的"父亲"——那位上了年纪的沿街叫卖的小贩。

"留下来?"我的"父亲"环顾一下四周,犹豫地重复了一句。

"是呀,先生,您就留下来和我们一起生活吧,至少在这个冬天。"娇滴滴的女孩祈求声把他的心融化了:"好吧,那我就在这儿度过这个寒冷的冬天吧。"

"那可太好了!"女孩菲比扑上来,亲了亲他的脸颊。

菲比是普雷布尔夫人七岁的女儿。她长着一头卷曲的金发,眼睛蓝得像湛蓝的天空。她活泼顽皮,总是像一只快乐的小鸟一样叽叽喳喳地叫。

一天,菲比懊恼地看着连绵起伏的雪山,说:"噢,我多想要一个可爱的娃娃呀!先生,您也没有吧?可是,现在大雪把路都封住了,哪有小贩会到这儿卖娃娃呢?"

"娃娃?这不是什么难事。"那位上了年纪的沿街叫卖的小贩毫不犹豫地说,"可爱的小姐,我可以给你做一个呀!"

"真的吗?您会做娃娃?"菲比简直要佩服得五体投地了,要知道,并不是谁都有这样的技艺的。

那位小贩翻了翻自己的存货箱,从箱底找到一块随着他漂洋过海的六英寸花楸木,那一向是他辟邪的吉祥物。接着,他用铅线绘制好轮廓,拿出工具,专心地雕刻起来。先是躯干和四肢,比例要恰当,否则人家会把这个娃娃当作身长腿短的怪物。然后是发型,最后他用拇指和食指夹着它,用小折叠刀雕刻眉眼和鼻子,还有小小的嘴巴。

这些，是让这个娃娃栩栩如生的关键，容不得半点儿马虎。

"看，娃娃的脸真漂亮！"这是我听到的第一句话。

眼前，菲比蓝汪汪的眼睛满含期待地凝视着我，一缕金黄的卷发掠过她的脸庞，美极了。旁边，是比她大了很多号的普雷布尔夫人。

"是呀，真的很漂亮。她的眼睛那么迷人，瞧，她在向我们微笑！"普雷布尔夫人惊讶地叫了起来，"真是一个神奇的娃娃，我相信她一定会拥有一个传奇人生！"

"噼噼啪啪！"角落里一个大大的壁炉中，粗大的圆木在燃烧，发出鞭炮一样的声音，吓了大家一跳。当然，我也觉得心脏似乎"咚"地跳了一下，虽然别人都感觉不到。那一刻，善良的普雷布尔夫人绝对想不到，她的话成了最准确的预言。此后，这个娃娃真的经历了一个传奇的人生，几乎走遍了全世界。

那位小贩轻轻地夹住我，对着壁炉的火光翻转着我的身子，希望我身上的颜料快点干。热烘烘的炉火烤得我眼睛都要冒出火来，可我还是微笑着，庆祝自己的新生。

那天晚上，我就睡在壁炉上。炉内的火光映照出奇形怪状的影子，一会儿变成恐怖的怪兽，一会儿又好像长头发的女孩。老鼠吱吱地在壁炉旁跑来跑去，窗外，传来一阵阵狂风的呼啸声，那真是不平静的一夜。

"噢，不！亲爱的，娃娃还没有穿上衣服，你绝对不能拿着玩，那样太不文明了！"普雷布尔夫人惊慌地从菲比手里抢下我，"你必须要给娃娃穿上漂亮的衣服，她才能见人！""哦，妈妈，那可怎么办？娃娃的衣服在哪里？我怎么才能得到呢？"菲比懊恼地问。

普雷布尔夫人摇着手说："我可买不到这个小娃娃穿的衣服。""那我就给她做一套！"菲比想也没想，就把我紧紧地搂在怀

第一章　回忆

里，毫不犹豫地说，"我现在就去做！"

菲比拿出一块米黄色亚麻布，又拿出针线包和装花边的小布包，开始为我做衣服。她首先用软尺量我的身高和胸围，又量了肩宽和腰围，还有袖长等。然后，她就拿起剪刀歪歪扭扭地剪了起来。不瞒您说，她那剪刀用得可真不熟练，布边被剪得豁牙露齿的，一点儿也不整齐。不过，菲比认为自己很成功。

她戴上铜顶针，又在针上纫了一根红线，立刻飞针走线起来。呵呵，那针脚大的大，小的小，东倒西歪，不过，总算是把布缝合在一起了。

"菲比，吃早餐啦！"妈妈叫她。

"知道啦！"菲比头也不抬，还是匆匆忙忙地缝着。她的小手现在已经非常灵巧了，飞针引线，就像真正的设计师和缝纫师一样。

"菲比，吃午餐啦！"妈妈又叫她。菲比回答说："好的，妈妈。我马上就去！"可她还是不动身。妈妈没办法，只好把午餐端过来。菲比这才仰起涨得通红的小脸，接过妈妈递过来的面包咬了一口，又喝下一大杯牛奶。

"妈妈，我还要快点缝！"菲比吃过饭，又缝起来。虽然我受洗时的教名很长，但菲比执拗地叫我"海蒂"，并且用十字针绣法把名字绣在了我的内衣上。这个名字就是"海蒂"。

"妈妈，现在这个小娃娃无论发生什么事，都会永远记住自己的名字啦！不过，有我保护她，她应该不会发生什么特别的事。"菲比缝完内衣的最后一针，咬断线头，高兴地跟妈妈说。

菲比万万想不到，以后的一段时间里，在我身上会发生那么多奇怪的事情。而这件内衣真的陪伴了我一生，足有一百年之久，并且因此无数次被人拼读出我的名字。

为我做衣服这项工程实在太浩大了，直到几个星期后，我缀满花枝的外套才终于做好了。不幸的是，第二天就是星期六，根据教义，任何人都不允许玩玩具。虽然菲比百般恳求让她再在壁炉旁与我玩半小时，但普雷布尔夫人还是把我放到松木梳妆台最上面的一个抽屉中，与她的佩斯利羊毛披肩和菲比的海豹皮暖手笼放在一起。

周日，一家人要到几里外的教堂去做礼拜，这是他们最重要的事，虽然乘雪橇很不舒服。

"啊，海蒂，你在这儿睡得好吗？"菲比打开抽屉想拿暖手笼，可一眼看见了我，忍不住悄悄地把我握在手里，轻声问，"怎么办呢？离天亮还有好久，可怎样才能尽快和你一起玩儿呢？"菲比没有抗拒住我的诱惑，决定把我藏在她的暖手笼里。虽然那儿地方很小，而且很黑，什么也看不见，但我还是觉得很温暖。

"菲比，快点！再晚出发就赶不上唱赞美诗啦！"普雷布尔夫人急急忙忙地打扮妥当，来拿披肩准备动身，她压根儿没注意到菲比的脸此时正涨得通红，而且没发现抽屉里的我已经不见了。

上了年纪的沿街叫卖的小贩早已经套好雪橇在等着我们。海豹皮暖手笼里又暖和又舒服，我只能隐约感觉到光线一会儿弱，一会儿强。铃铛声清脆地响起来，可普雷布尔夫人一直在嘟囔，嫌安迪没有听自己的话撤下铃铛。安迪争辩说："铃铛就是铃铛，没必要太在意。"普雷布尔夫人责骂起安迪来，幸亏雪橇很快停在了教堂门前。

哦，那是个多么清爽宜人的早晨！直到现在我都能清晰地回忆起做礼拜的人起身时衣服的沙沙声和合唱的旋律：

赞美上天万福之源，
歌颂至高真神，

第一章　回忆

哈利路亚！

永远称颂他。

赞美他是万福之源的神，

赞美他创造了凡尘中所有的生物……

这让我这个木头娃娃从头到脚都感到非常庄严。

然而，讲经和祷告的时间实在太长了。菲比开始还觉得新鲜有趣，跟着唱歌，后来就坐不住了，左扭右动的，浑身都不自在。后来，她竟然偎在普雷布尔夫人怀里打起盹儿来。

不幸就这样发生了。菲比的手渐渐松开了，我就从暖和舒服的海豹皮暖手笼里头朝下地掉了出来，暖手笼也被甩在了一边。此时礼拜结束了，大家全体起立做最后的祝福，没有人听到我掉下的声音。安迪捡起了暖手笼。一双双脚从我身边走过，没有人发现我，连菲比也忘记了我的存在。

噢，天哪！我听到了雪橇滑动的声音，接着是马迈步的声音。这一切来得太突然了，真的没有人发现我。我期待着哪个人能发现我，但一切都是徒劳的。百叶窗被拉了下来，门也被锁上了。

可怕的寒冷似乎把我的手脚都要冻掉了。窗外，风一阵阵号叫着，听得人心惊胆战。直到今天我也不知道我到底被关在教堂里多久，但是那阴森可怖的记忆却永远地印在了我的脑海里。

那里还有乱飞的蝙蝠，它们白天聚集在灯球上，夜晚睁着目光锐利的眼睛，在教堂里四处飞行，寻找猎物。老鼠吓得吱吱乱叫着东躲西藏，风吹得钟绳啪啪直响。我躺在凳子下，旁边有一本打开的《圣经》，插图上一条凶猛的大鱼正残忍地把一个男人吞下。那情景恐怖极了，尤其是当你独自一人待在空荡荡的教堂里，而且又是在夜晚看到的。我害怕地闭上眼睛，然后竭力扭头不看那个画面。

不知过了多久，我觉得像一万年那么久了，教堂司事来进行周三的例行巡视，他用钥匙打开了门，并推开了百叶窗，准备打扫一下卫生。这时我的心里重新燃起了希望——到底怎样做才能引起他的注意呢？唉，为什么要让我的手只有大拇指能单独活动，而其余四根手指都是连在一起的，一动也不能动呢？幸好，我腿上的关节可以活动一下。于是我用尽力气抬起一条腿，然后放下。

啪——！啪——！啪——！

空荡荡的教堂里回响起有规律的声音，在寂静的黑暗里，是那么恐怖。"哗啦！"可能是司事手中的扫帚倒在了地上。只听他口中慌慌张张地喃喃自语着："是幽灵吗？是幽灵吗？我可没做什么亏心事啊！"虽然这样说，但他还是一路疯狂地向教堂后面跑去，好几次都碰到了靠背长椅。

哈哈！我很为我有一双可以发出声音的木腿而骄傲。

幸好，菲比派出安迪和我的"父亲"——那个上了年纪的小贩，一起来找我了——你不要指望一个年幼的孩子能保守秘密，事实上她回去以后就坦白了把我带进教堂的事实，并且保证说，只要我能再次回到她的身边，她绝对不会再犯同样的错误。当然，犯错误的代价是，在以后的一段日子里她必须要每天刺绣。

任何笔，即使是最好的羽毛笔，也无法表达出我再次回家的喜悦。我回家时，明亮温暖的炉光照在菲比的脸上，她正忙着在方形的帆布上绣箴言：

> 良知会说出令人不悦的真理，
> 但会为她留下深刻的教训。

第一章　回忆

任何人与她不和睦，
都会失去好朋友。

　　普雷布尔夫人要求菲比一定要完美地绣完这段箴言，才可以与我玩耍。于是，我被放在高高的搁板上，每天怜惜地看着菲比一针一针地刺绣。自从普雷布尔夫人得知菲比把我带到教堂后，就每天不停地跟她讲，小女孩要有良知，要知书识礼，不能做的事情千万不要做。我真为玩具娃娃不需要听这些而感到高兴。过了很久，菲比才把刺绣工作完成，然后发出了一声无奈的叹息。

　　那一年，缅因州的春天来得格外晚。直到三月，路面还泥泞得连马匹和货车都走不了。五月，安迪才用柳叶吹出了口哨。可好像一夜之间，丁香树就发出了嫩芽，然后鼓起了一撮撮小花苞。道路两旁的树林里，开始有黄色和蓝色的紫罗兰和雪花莲等星星点点地开放。安迪和菲比把野花采回家，修剪后插到水瓶里，放在窗台上。于是那里就变成了一幅美妙的图画，都可以与最高明的绘画大师的画媲美。

　　道路可以通行后，我的"父亲"——那个上了年纪的小贩就待不住了，他背上包裹和普雷布尔夫人为他准备的一大袋食物，踏上了去往波特兰方向的路。我和菲比一直把他送到三岔路口，才恋恋不舍地与他告别。

　　要不是菲比的爸爸不久以后就回来了，我们一定会感到非常孤独的。那天，一位身材魁梧、有六点四英尺高的男子，沿着开满丁香花的小路大踏步地走过来。离房舍还很远，就能听到他那爽朗的声音："亲爱的菲比，怎么还不出来迎接爸爸呀？"是普雷布尔船长回来了！他那双蓝汪汪的眼睛是那样清澈，而且时时闪动着笑意。他是我见过的最英俊的男人。

第一章 回忆

　　船长是乘坐轻便马车从波特兰回来的。车里到处堆放着他带回来的箱子和包裹，还有水手柜，车前座都被塞得满满的。他的宝贝都很漂亮，有细腻的丝绸和细羊皮披肩，有美丽的象牙雕和珊瑚雕，还有一只喂饱了的鸟和其他许多各式各样的小饰品，那都是船长先生在各个港口停靠时购买的。

　　"让我看看我的宝贝长高了没有。"普雷布尔船长把菲比高高地举起来摇晃着，逗得菲比咯咯直笑。"爸爸，这是我的新娃娃海蒂！"这是菲比跟爸爸说的第一句话，她把我紧紧地握在手中，还不忘在空中举起来给爸爸看。

　　普雷布尔船长好奇地望着我，然后把菲比搂在怀里，听她叽叽喳喳地讲我是怎样在那个上了年纪的小贩手中由一小块花楸木变成娃娃的，又讲她是怎样给我做内衣和外套的，还讲了我是怎样被带到教堂里，在那儿枯燥无味地待了半个星期的事儿。

　　普雷布尔船长听女儿讲一段，就大笑一阵，笑声好像从脚趾头开始，一直笑到了胸腔，每一寸肌肉和每一个细胞似乎都在欢笑。呀，他真是笑得太开心了，这不禁让他的妻子担忧起来。"亲爱的，你可千万不要这么宠爱女儿。我真担心你这样宠着她，会把我这一段时间以来对她的教导都给毁掉的。"普雷布尔夫人说，"你可千万别像宠鹦鹉一样把她给宠坏了。"

　　鹦鹉是什么东西？就是笼子里的那只鸟吗？我好奇地望着关在笼子里的那只嘴巴弯弯、一身翠绿的家伙。

第二章
飞天和落地

那个夏天，是我无论什么时候都忘记不了的。

普雷布尔船长驾着双轮轻便马车，经常带着我们去波特兰、巴思和附近的农庄旅行。那碧绿的原野呀，一望无际的大海呀，都是记忆中最明亮的颜色。

天气晴朗的日子，普雷布尔船长还会准备好自制的帆，带着安迪乘坐那艘金黄与棕红相间的平底小船，一起出海捕鱼。等他们回来，活蹦乱跳的鱼儿和各种有趣的贝类就成了我和菲比惊叹的"玩具"。

邻居们经常在这样的好天气里前来拜访我们。他们一来，我和菲比就可以到原野上寻找美丽的野花。小朵的山菊花，有淡紫、雪白和艳黄等几种颜色。它还未开败，金凤花和山柳兰又竞相斗艳。然后就是玫粉色的像丝绸一样柔软又细腻的野玫瑰一树一树地盛开起来，浓郁的芳香被风儿送得很远很远……

成篮的浆果是大自然送给我们的一场盛宴。又香又甜的覆盆子是我们最爱吃的浆果。那是七月末的一个下午，普雷布尔夫人让菲比和安迪去离家大约一英里的树林里采摘覆盆子。安迪挎着一个大些的藤条篮子，菲比拿了一个小号的藤条筐，他们把一片片车前草叶放在篮子里。

菲比小心翼翼地把我放在车前草叶片上。嗅着淡淡的清香，我的心情别提有多好了。天气炎热，作为一个可爱的娃娃，就不用走

第二章 飞天和落地

那么远的路,而且还可以悠闲自在地躺着,这简直是天底下最幸福的事了。

"哎呀!是谁把这儿的覆盆子都采摘完了?你们看,小树都被他们折弯了腰,这儿的草都被踩得变了颜色呢!"菲比生气地叫喊着。的确像菲比说的那样,这儿已经看不到一颗覆盆子的身影了。

"怎么办呢?我们总不能空着篮子回去吧?我知道离这儿稍远点,就在过了折返湾的海边空地上,有一片树林里也有覆盆子。而且,那儿的覆盆子有我们的拇指那样大呢!干脆,我们去那儿采吧?"安迪想了半天,犹豫地告诉我们。

菲比擦了擦额角上的汗,说:"妈妈说不能走出收费站的。海边太远了吧?"

安迪不假思索地反驳道:"可采覆盆子也是她安排给我们的。她不是说要多采些储存起来留着冬天吃吗?这儿什么都没有了,总不能真的空着篮子回家吧?"

菲比说不过安迪,只好让他带路,朝折返湾走去。

先路过一片云杉林。"好凉爽呀!"郁郁葱葱的云杉有十几米高,散发出淡淡的清香。这种树耐荫、耐寒,喜欢凉爽湿润的气候和肥沃深厚的土壤。我们沿着密密的云杉林里的那条羊肠小道慢慢向前走。菲比个子矮,步子小,不时被云杉树根绊得趔趄一下,可她兴致很高,哼着小曲儿,还惊起了两只云莺呢。

"昨天,艾布纳·霍克斯跟你妈妈说,附近来了印第安人了。"安迪边走边说,"他说那是帕萨马科迪人,好多呢!现在他们卖手编的篮子什么的。如果我们碰到了,可要当心点呢。"

"你为什么不早说?"菲比颤声说,"我不喜欢他们。早知道他们来了,我就不跟你去折返湾采覆盆子了。"

接下来是一段十分难走的石头路。石头被太阳晒得滚烫,热浪涌上来,烫得菲比发出一阵阵的尖叫。幸而安迪不时地跳到石头下的水里溅起水花,才稍稍降了降暑气。

我们始终沿着海边走,终于来到了一片宁静的树林里,那儿有大片的覆盆子树,上面挂满了鲜红的浆果,真诱人呀。菲比轻轻地把我从篮中拿出来,放在云杉树下,说:"海蒂,你就在这儿玩一会儿吧。我要开始采摘覆盆子啦。"

这儿真是幽雅宁静的好地方。高大的云杉树树冠冲天,树根却插向海里。一丛丛低矮的灌木和覆盆子树茂密地生长着,散发出特有的清香。覆盆子的甜香吸引了蜜蜂,它们嗡嗡地叫着,围着浆果飞来飞去。连鸟儿也飞过来啄食覆盆子,丝毫不害怕我们。海水在不远处拍打着岩石,发出"啪啪"的声响。

"印第安人!"菲比突然尖叫一声,愣愣地望着我身后的方向。

第二章　飞天和落地

我可什么都看不见,因为我不能转头嘛。

"快跑!菲比!"安迪过来,一把拉住发愣的菲比,随即向前狂奔起来。

印第安人?我真想叫他俩也带上我。不知为什么,我对印第安人没有什么好印象。可是,很显然,他们早已经把我忘得一干二净了。你瞧,他俩光顾狂奔,连好不容易采摘到的覆盆子一颗颗往下掉都不管了。

"咔咔""嚓嚓",树枝被撞断的声响不断传来,很快,他们俩就消失不见了。我独自躺在草丛里,心里涌上淡淡的忧伤。难道,他们要又一次把我弄丢吗?难道,他们想把我交给印第安人?

叽叽喳喳的说话声传来,接着,五六个脚上穿着鹿皮鞋,脖子上挂着玻璃珠和贝壳串,身上披着颜色艳丽的毯子的印第安女人出现在我的视线内。原来,她们也是来采摘覆盆子的。她们都胖胖的,看上去很和善,褐色的头发贴着她们的头皮,虽然不如菲比那金黄的卷发美丽,但好像也不是太讨人厌。有一个印第安女人竟然还背着一个小小的婴儿,那孩子瞪着明亮的眼睛,好奇地望着这一切。她们并没有发现草丛中的我,只是手脚不停地采摘着。直到太阳快下山了,这些印第安女人才挎着沉甸甸的篮子,穿过树林回家去了。

"现在,菲比和安迪该来接我了吧?"我躺在草丛里,觉得很无聊,特别期待他们能带我回家。

然而,事实远远不像我想象的那么美好。

天边的晚霞照得绿叶成荫的树林都变成了金黄色。海鸥成群地飞翔着,鸣叫着,蔚蓝色的大海闪烁着金色的波光。渐渐地,天色暗下来,太阳远远地躲藏在海天相接的地方,树林里的光线变得不是那么清晰。从水面蒸腾起的淡淡雾气,混合着草香和浆果香,使人昏昏欲睡。

"哇!哇!"乌鸦的叫声在夜色中格外响亮,让人心里不是很舒服。突然，我感到一片奇异的黑暗将我笼罩，我知道这不可能是夜晚的黑暗，因为天空还是绯红色的。然后，我感到了从生物身上散发出的一股热气，接着是一双浑浊的透着邪恶的黄色眼睛。"哇！哇！"它扑棱着翅膀，用尖利的嘴不停地啄着我的脸。

太疼了！天哪，这是怎么回事？虽然我是花楸木雕出来的，但是，我还是尽量把脸紧紧地贴在凉爽的苔藓里，使劲地躲避着乌鸦的进攻。噢！它可是太残酷无情了。

"菲比和安迪，你们在哪儿？快来救我！"我在心里不停地呼喊着。幸亏这时，那只讨厌的乌鸦大概意识到了我并不是它喜欢的美味，便索然无味地放开了我。

正当我万分庆幸自己可以不被当作一只乌鸦的美餐的时候，两只尖利的带钩的爪子却紧紧地抓住了我。然后，我忽然发现一股强大的力量使我吊在了半空中，尽管我紧紧地抓着苔藓和树根，却一点用也没有。不知怎么的，我只感觉自己越来越高。折返湾、云杉林，还有蜜糖般的覆盆子，慢慢地混合成一幅奇怪的画面，离我越来越远，渐渐地成为我视线里的小黑点。

风呼呼地刮过，吹得我耳朵生疼。我的裙子——那条菲比曾花费了无数心血缝制好的小裙子——在风中飘舞着。一会儿我感到自己离海面很近，好像可以轻易地站在礁石上；一会儿我又觉得自己离天空很近，地上的一切都是那么渺小。

"这可怎么办呢？菲比和安迪到哪儿才能找到我呢？"

正当我愁得不知怎么办才好时，"啪嗒"一声，我被扔进一个鸟窝里，就在一棵大松树的顶上。这个乌鸦窝在同类中可以算是大的，但不幸的是，窝里还有三只刚会飞又很好动的乌鸦宝宝。它们一起张着嫩黄的嘴"呀呀"地叫着，等待着妈妈往它们的嘴里塞食物。乌鸦

第二章　飞天和落地

妈妈还没顾得上休息，就急忙把窝内仅剩的一点青蛙的肢体咬成一块块，放进一个个孩子的嘴里。好像还没等妈妈来得及喂第二个孩子，第一个孩子就已经吞下了口中的食物，又张开了口"呀呀"地叫起来。这是一群喂不饱的孩子！我甚至开始可怜起乌鸦妈妈来。

我小心翼翼地把自己藏进乱蓬蓬的草里——这是乌鸦妈妈给宝宝们准备的软和的床褥。然而，很显然，我成了一个不受欢迎的入侵者，三个小家伙毫不客气地推搡着我，一会儿踹一下我的头，一会儿踢一下我的肚子。这一夜，我就是在乌鸦妈妈和它的宝宝们的百般折磨下度过的。

天色渐渐亮了起来，天边先是鱼肚白，然后是一道淡红，接着越来越亮，太阳从松枝上露出头来。一阵风吹过，松枝摇晃起来，乌鸦巢穴也跟着一起颤动，这真是一种奇妙的感觉。我紧紧地立在枝杈

· 17 ·

间，生怕一不小心被挤出去。慢慢地，我学会了调整自己的位置，向上爬去，探出头一望，啊！一阵头晕目眩过后，我才发现，原来，我竟然就站在菲比家的院子里，离前门也就几步远。烟囱升起缕缕炊烟，老查理在谷仓那边放牧，安迪和菲比正在叽叽喳喳地讨论着什么，菲比甚至恼怒地叫了起来。这一切，我都看得清清楚楚。

我不禁喜出望外，梦想着有人能够发现我。然而，无论我怎么向下探出手去，试图引起他们的注意，却没有任何人发现我竟然就在老松树顶端的乌鸦窝里——这本身就是一个传奇啊！

我不禁悲伤起来，听着乌鸦宝宝嘶哑地叫着，被它们挤来挤去，我感到越来越绝望。傍晚，蓝色的炊烟又升起来，这是普雷布尔一家在准备晚餐了。怎么办？难道我还要在这棵松树上度过艰难的一夜吗？想一想我都不寒而栗。

"哇！哇！哇！"一阵响亮的乌鸦叫声传来，越来越近，是乌鸦妈妈找食回家了。乌鸦宝宝们越发躁动起来，"呀呀"地叫着，争着抢着探出毛茸茸的小脑袋，张开黄色的小嘴。

不行！我一定要想办法回家。我探出头，望着松树下灰蒙蒙的一片，突然想起，树下有一块大灰石。如果掉在那上面，我恐怕要粉身碎骨了吧？我缩回了头，又失去了跳下去的勇气。这时，乌鸦妈妈扑扇着翅膀眼看就要落到松枝上了，它那昏黄的邪恶的眼神比昨天还要令人生厌。

我是一块花楸木制成的，难道我不比其他娃娃结实坚固得多吗？想到这里，我将手臂和脚同时向前移动，然后猛地一蹬脚，身子向外探出了一大半，这时我又伸出了手臂，一股力量使我重心向下，我沿着乌鸦窝的边掉了下去。碧绿的松针划过我的脸颊，让我一阵刺痛，尖尖的树枝也不断撕扯着我。

第二章　飞天和落地

正在我以为我会如愿以偿地掉在老松树脚下时，突然，我被一根伸出的松枝硌了一下，减缓了下坠的速度。然后，几朵松针托了我一下，我的两条腿被松枝挂住了，我的裙子也被松枝穿出了个洞。现在，我脚朝上，头朝下，面孔向着大地，两只手臂张皇失措地伸着，却什么也够不到。用武术术语来描述，我现在的姿势是"倒挂金钟"。只不过，我是被动的。一阵风吹过，我打了个寒噤，身子也随着松枝摇晃起来。

没有谁会好奇地向上仰望，所以，即使我天天清楚地看着安迪和菲比是怎样在院子中忙碌，听到普雷布尔夫人怎样优雅地欢迎客人到访，怎样发出银铃似的笑声，甚至菲比就坐在老松树下的石头台阶上玩着花花草草，也依然没有人发现我正倒挂在松树上左右摇荡。

"菲比，别难过啦。一定是那些印第安人捡走了海蒂。你想，穿着那么漂亮的裙子、打扮得那么美丽动人的娃娃，谁会不喜欢呢？"一天，我听安迪这样跟菲比说。菲比的小脸绷得紧紧的，眼睛里含着泪花，忧伤地望着远处。

唉，这是多么滑稽的一出戏呀！我近在咫尺，可是他们却压根儿看不到我，我就这样悲惨地倒挂了很多天。

乌鸦宝宝终于可以出窝了。它们聒噪地啼叫着，学着妈妈的样子扇动翅膀，惊吓得哇哇乱叫，声音比妈妈尖细了许多，听上去更像是在吵闹得不可开交的自由市场。

这声音显然让普雷布尔庄园里的人很不愉快，尤其是普雷布尔夫人，她一向有神经痛的毛病，让乌鸦宝宝一吵，她接连几天休息不好，脾气就大得惊人。"安迪，你一定要想个办法，让那些讨厌的乌鸦离我们的庄园远一点！我简直受不了它们了。"她吼道。

"是，夫人。"安迪答应得很干脆。这难不倒无所不能的安迪，

第二章 飞天和落地

要知道，用弹弓打鸟儿是他从小到大最喜爱的游戏。但以这么正式而光明正大的理由公开使用弹弓，恐怕还是第一次。

安迪真的拿出了弹弓，他仰起脸，眯缝着眼睛弹出了一弹。子弹从我的耳边"嗖"的一声擦过。我心想，安迪啊安迪，如果你的眼神再好一点，能看清我在这棵树上就好了。

正在这时，我忽然听到安迪有些激动的声音。"菲比，快来！你快来呀！"安迪急切地叫喊着，那声音里充满了喜悦，"你快看，那是谁？那儿，在那棵松树上。像不像海蒂？"

"真的是海蒂吗？"菲比疑惑地问，她仰起脸仔细地看着。

大家都聚拢来，想尽一切办法救我下来。他们试过扔青苹果，希望能够把我"打"下来；试过摇晃树枝，希望我能被"晃"下来。然而，这一切办法都不太实用，最后他们得出结论，只有砍断这棵老松树才能救我脱离苦海。但普雷布尔夫人坚决反对使用这种方法，因为这是一棵古老的松树，至少有一百年的历史了。

怎么办呢？正在大家为难的时候，普雷布尔船长拿着一根长长的削得尖尖的桦树杆走进家门，这是他刚才消失一会儿的杰作。他举起桦树杆朝着我挥舞起来，可是，即使他累得满头大汗，一个多小时后，我还是稳稳地挂在松树上。

"喂，先歇会儿，来吃甜甜圈喝下午茶吧。"普雷布尔夫人一手举着长煎叉一手端着一盘甜甜圈走出来。

"把长煎叉借给我用用！"普雷布尔船长灵机一动，竟然把煎叉捆在了桦树杆上，现在它变成了一个类似捕鲸叉的东西了。普雷布尔船长举起它刺中了我，然后把我从大松枝上挑了起来。

"嘿，快看！这捕'鲸'的方法多种多样呀！煎叉的作用也多了一种。"普雷布尔船长幽默地说着，调皮地冲菲比做了个鬼脸，"亲爱的，你有一个万能爸爸哦。"

　　"肯定是乌鸦把海蒂从树林里叼回来的。"安迪接过我，对菲比说，"虽然它是一个小偷，但却做了一件好事，把海蒂送回来了。"

　　菲比捋着我刮破了的衣服，摸着我的脸，心疼地说："我的海蒂可吃苦了，她可是被倒挂在松树上好多天呢。"

　　我的心里一阵温暖，这是多么好的安慰呀！

第三章
难忘的旅行

我的衣服遭受了乌鸦、风雨和尖树枝的破坏，已经破得不能穿了，所以，我好久不能走出家门。虽然普雷布尔夫人答应会抽出时间来替我缝制一套合适的衣服，但显然这需要时间去完成。因为普雷布尔家正忙作一团——作为一艘漂亮的捕鲸船"戴安娜号"的拥有者之一，普雷布尔船长每天都在忙着处理各种事务。"戴安娜号"正在波士顿港检修和配备补给，很快就又要出海远航了。

转眼到了九月，大海依然那么蔚蓝，树叶闪烁着成熟的光泽，蟋蟀每天弹奏着乐曲，草丛中传来阵阵清脆悦耳的鸣叫声。

"蟋蟀在用歌声驱赶寒冷呢！"安迪告诉菲比。

"真的吗？这样真的就能把寒冷赶走吗？"菲比瞪大了双眼，十分好奇地问。

"那怎么可能呢！蟋蟀只是自己觉得这样叫可以驱赶寒冷罢了。越冷，它就叫得越厉害。"安迪说。

"幸亏你不是一只蟋蟀，海蒂。"菲比紧紧地抱住我，轻声说。

那天夜里，我躺在摇篮里听到蟋蟀的叫声："唧唧吱——唧唧吱——"它们的叫声那么忧伤，让我觉得自己真的格外幸运。

那时，邮差每周在波士顿和波特兰间往返三次。普雷布尔船长经常要驾着马车去波特兰，看看有没有什么消息来自"戴安娜号"。可惜的是，起程的日期一再推迟，最后连性格开朗、耐心十足的普雷布

海蒂：木偶百年历险记

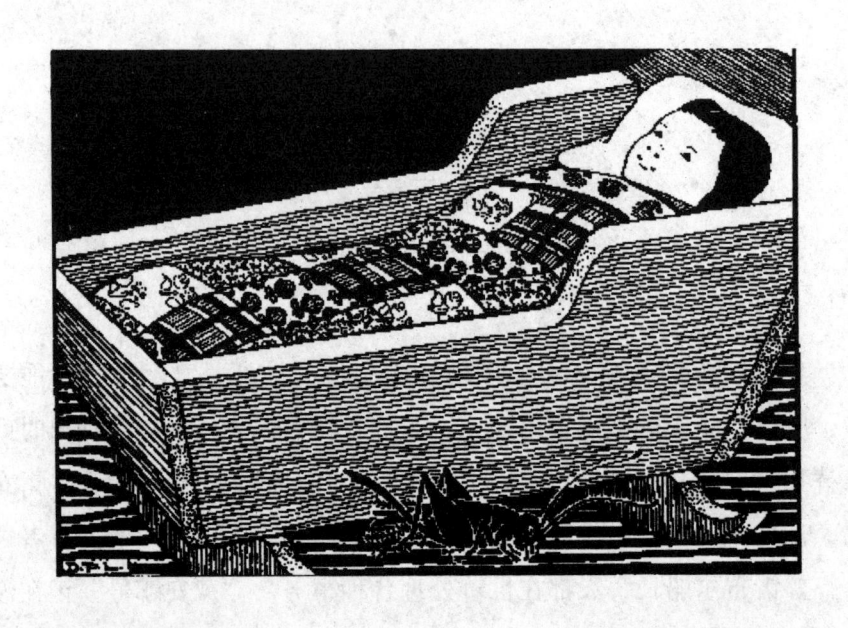

尔船长都失去了耐心。

一天，普雷布尔船长对妻子说："鲁宾·索玛斯捕鲸的水平是一流的，但他检修轮船的水平实在是太差劲了，这么久了还不能把船检修好。看来，我必须亲自去波士顿港一趟。"

"哦，亲爱的！你可千万不要离开我。我一想到你要穿着湿袜子去工作，就难受得要命，现在我还没有把你的第十二双袜子织好呢。"普雷布尔夫人央求道。

"呵呵，你可以在路上织袜子，因为你可以跟我一起去波士顿港呀！那里有很多时髦的羊毛织物，买一些给你和菲比穿戴。我打算自己把船从波士顿港开到波特兰来，我要亲自检修它，否则，我肯定无法在十一月前出海。"

"我的天！你总是这样，海上没有船，却还要点着两盏灯。"普雷布尔夫人摇着头，表示强烈反对。

这句话是什么意思呢？我百思不得其解。后来，当我登上"戴安

第三章 难忘的旅行

娜号",在海上航行了一段日子后,才明白这是一句航海谚语,是告诉人家"你在花还没有挣到手的钱"。

出发的日子终于到了。于是,在一个秋高气爽的早晨,我们一家人出发去乘坐前往波士顿的驿站马车。普雷布尔家美丽的庄园,那棵高大的老松树,离我们越来越远了。那时,我怎么也想不到,当我再次回到这里,已经是很多很多年以后的事情了。那条路上的风景是多么美丽啊!沼泽地上的槭树叶像一串串着了火的鞭炮,火红火红的;忍冬木栅栏也是红红的,那么明艳;配上碧绿碧绿的秋草与翠绿的山菊花,共同绘制出一幅令人心旷神怡的山水画。

"凯特,快看!那是我今年秋天看到的第一棵花楸树。"普雷布尔船长挥着鞭子,指着秋风中一棵细弱的小树说。

那棵树真的很不起眼,但是,不知为什么,我总觉得它身上有一种执拗的奋进的力量。

"海蒂就是用这样的树木雕刻的!上年纪的小贩就是这么告诉我们的!"菲比说,"他说,花楸树是可以辟邪的吉祥物,所以,才用它制成娃娃给我玩。"

"不要这么说。"妈妈责备菲比,可菲比坚持认为她说的是正确的。

普雷布尔船长看到妻子脸上的严厉表情,赶紧插嘴说:"我不希望以后再听到这样的话,也许那是他在跟你吹牛。我们还是快一点吧,要不就赶不上到波士顿的车了。"

事实上,我们还有很多时间。在乘坐驿站马车离开前,我们还在国会大街的库森·罗宾逊家吃了甜甜圈和松饼,喝了几杯苹果酒。而我只好转头去看窗外的风景,因为对于一个木头娃娃来说,我实在是什么也吃不下去。

这辆马车被漆成红黄两色，车轮是黑色的。四匹马中，一对灰马，一对栗色马，它们都长得高大而英俊。真的，我后来再也没有见过那么帅的马。

菲比把头探出窗外，开始的时候还惊奇地叫着，看什么都新鲜，什么路边的野花啦，草地上的奶牛啦，还有池塘里的野鸭啦。但是，很快她就觉得很不舒服，捂着肚子，脸色很难看。船长和安迪早已经爬到车顶上去了。车厢里还有三位太太，她们听说菲比不舒服，赶紧拿出自己吃的薄荷片和柠檬糖，说这些东西可以缓解不适。

普雷布尔夫人忧郁地说："菲比可能有胃病，我们家人都有一点胃病。"

菲比尝试了很多方法，包括享用一点云杉啤酒等，但都没有起作用。她脸色苍白，捂着肚子无精打采地坐在座位上。

晚上，我们就住在朴次茅斯一家古老而精致的小客栈里。

第二天，菲比似乎舒服了很多，她快乐地伏在马车窗口，欣赏着车窗外的风景，高兴地笑着。她还经常把我举起来，让我也看看窗外。窗外真的很美，港口上停着很多帆船，像一只只漂亮的树叶。而牧场上，牛啊，羊啊，像星星点点的白花，点缀着碧绿的草地。普雷布尔夫人在车厢里与几位太太聊天，还拿出针线来，飞针走线地织袜子。哈哈！她可真听船长的话，赶着在路上把这些袜子织好。

车驶过浪急弯多的海岬，又穿过树荫浓密的村庄和街道，终于来到塞勒姆。

塞勒姆是个大海港，里面停靠着很多轮船。那些轮船刷着不同颜色的油漆，上面写着"前进号""智慧号"等。高大的桅杆耸立着，像密密的树林。一行行房屋整齐地排列在海港附近，那些房子建得那么高大而宏伟，而且在烟囱上还砌着一个方形小阳台。普雷布尔船长

第三章 难忘的旅行

说:"那些都是船长的瞭望台,他们站在那儿,就知道海港里都停靠了哪些轮船。"

"这些房屋建得简直是太完美了!我真是太喜欢了。你看那些雕刻,多么精美呀!还有那窗纱,就像公主的裙子,花纹多么特别,纱质多么轻软啊!"普雷布尔夫人惊叹着,"噢!还有那些家具,你快瞧,从这个窗口能看见,那是胡桃木的柜子吧?"

"凯特,你喜欢这里吗?"普雷布尔船长望着太太,"在这里生活很贵,但他们这些船长都能承受得起。塞勒姆是这些海港中最富裕的一个,如果你到码头上去看,你会发现有很多来自中国、印度还有其他国家的物品,比如丝绸、香料、金首饰,还有许多你叫不出名字来的物品。假如我这次出海运气好,能带回来六百或七百桶鲸油,我们也能搬到这儿来住了。"

"哦,虽然我喜欢这里,可你知道,我只能生活在缅因州,我喜欢那儿的泥土和草地,还有云杉林。但是,如果你带我去欣赏一下你朋友家的客厅,看看他们家精美的家具和窗帘,我也觉得很不错。"普雷布尔夫人回答道。

第二天晚上,我们终于来到了波士顿港,住在一位年老的太太出租的两间房间里。她是普雷布尔船长早就认识的房东,因为在他以前的航海生涯中,这儿是他出海前和出海后最完美的落脚点。

波士顿港比塞勒姆还要大得多,到处是桅杆,就像一片森林,大大小小的船比秋天的落叶还要多。码头上的人更不用说了,急匆匆地来来往往,或者是搬运着东西,或者是大声喊叫着什么,真是一派繁忙的景象。

普雷布尔船长安顿好我们后,立刻投入了工作。看得出来,他每天回家都很疲惫,而且看上去是遇到了麻烦事儿,因为他一天到晚都在唉声叹气。听他讲，他现在遇到的困难可真不少。"戴安娜号"维修的速度太慢了，到现在只进行了一半。因为在十一月前有可能无法正常起航，所以许多船员都改签其他船只出海捕鱼了，还有一些船员生了病，没法上船。如果说船是硬件，那么人手就是软件。现在缺乏很有经验的水手，还缺一位能够任劳任怨地工作的厨师，而且看上去最近起航的船非常多，好厨师都已经上船出海了。

几天过去了，普雷布尔船长越来越忙。有一天，他比平时回来得略早一点。检修似乎已经结束了，但他拿出航海图和一大堆文件，跟普雷布尔夫人说了一大堆话："凯特，你来看，这儿就是我说过的最好的捕鲸点。从这儿到这儿，我们未来就要在这一片海域上作业。亲爱的，你知道，我遇到了麻烦事儿。现在，检修完全结束了，船的状况一切良好。人员我也基本配齐了，可是，现在我们还差一位好厨师。你能陪我在海上度过那些艰苦的日子吗？要知道，我现在真的很需要你的帮助。"

"噢，丹尼尔，这么说，你是真的想让我跟你去捕鲸船上，为你们那些粗鲁的船员做饭吗？捕鲸船腥臭无比，又黏又腻，想起来我都觉得不舒服啊！"普雷布尔夫人直摇头，"再说了，我一想起咱们家的厨房，想起那些覆盆子果酱，想起与邻居一起喂养的奶牛，我就觉得自己真的无法适应这个工作。"

"亲爱的，你别担心！你可以与几位伙伴一起来做这个工作呀！船上的补给，我会尽快弄得丰富些，你不用为食物的来源发愁，更不用因为那些水手而觉得麻烦，他们都是些吃苦耐劳的人，对食物并不是十分挑剔。"普雷布尔船长竭力想说服太太。

"那你得依我个条件，这艘船得改个名字，改个更符合基督教义的名字。现在的名字实在是太异教化了，让人心里很不舒服。"普雷

第三章 难忘的旅行

布尔夫人的态度软化了一些。

"可改名字是很不吉利的呀!但如果你坚持,我一定会想办法解决的。"普雷布尔船长松了口气,让了一步,脸上露出近段时间难得一见的笑容。

第二天一早,我和菲比已经清楚地知道,我们要跟随着普雷布尔船长,开始我们的海上之旅了。

那天,普雷布尔船长和夫人一整天都在忙碌着购买各种必需物品,我和菲比几乎看不到他们的人影。当安迪穿着肥大的水手服,脚上套着长靴,与一个水手搬着大箱子出现时,我们俩都高兴极了。

安迪看上去似乎比一个星期前长大了好几岁,并且他对自己船舱服务生的工作也很满意。他看着我们,摇摇头说:"船上的人都说轮船不应该带上女人,如果不是因为他们实在缺一位能做甜甜圈和苹果派的好厨师,是不会同意你们跟着上船的。"

"可是,我爸爸是船长,他同意我们一起上船啊!"菲比摇晃着满头金色的小卷发,毫不迟疑地反驳。接着,菲比又动手整理起她那小得不能再小的手提箱,希望能把她所有的宝贝都装进去并带上船。

日落之后,我们收拾了所有的物品,背着大包小包出现在码头上。天色已经很晚了,但码头上灯火通明。海水轻拍海浪的声音与不同船只离港的机械声,还有人们的叫喊声,交织在一起。虽然光线不是那么明亮,但我们还是能够清晰地看到船只庞大的身影和它那装载得满满的货物。还有个人正坐在高高吊起的吊车上,挥舞着刷子。

"那是吉姆,"船长指着那人告诉普雷布尔夫人,"现在,他正听从你的意愿,在为我们的船刷上新的名字——'戴安娜-凯特号'。我想,你和那位古老的异教女神会习惯彼此的,因为你将在船上与她彼此相伴十一个月左右呢。"

"菲比,那儿就是你的新家。我想你会喜欢上它的,是吧?"船长又指着这艘船对菲比说。

我们拿着包裹,摇摇晃晃地上了船。高高的桅杆顶灯散发出苍白的灯光,使我们能隐约看见船上的景象。

第四章
出　　海

那天晚上，菲比和我是在"戴安娜-凯特号"后舱一个柔软舒服的马毛沙发上度过的，因为我们的到来很突然，让大家有些不知所措。这之后，菲比被安置在了船长室里特意为她定做的床铺上。

"我们要在四点之前起航，你让大家各就各位，我们必须要利用海潮来起航。"我听见普雷布尔船长这样告诉那个被称作大副的男人。

那天晚上，各种莫名其妙的声音有一阵子让我觉得很新奇，有"嗒嗒嗒"的声音，有"啪啪"的声音，还有"吱吱"的绞动绳索的声音。慢慢地，我就听惯了这些嘈杂的声音，昏昏沉沉地睡去了。

第二天一早，菲比带着我沿着陡峭的阶梯，爬上了甲板。"啊！我们是在蔚蓝的大海上呀！"菲比激动地叫着，挥舞着双手，当然，我就被她举着"跳起舞"来，只不过，我被上下震荡得五脏六腑都要跳出来了。

船正乘着蓝绿色的波浪缓缓前行，船帆迎风鼓起，波士顿港在身后变得越来越小。"哎呀！我要被甲板抛出去啦！"晃动的船猛地忽悠了一下，菲比倾斜着身体，差一点儿就要滑倒。

"这不算什么，菲比，等你到了哈特拉斯角，就会看到更漂亮更壮观的景象。在那儿，你会见识真正的……哈哈！"安迪突然出现在一旁说，但不知为什么他没有把话说完。

这时，一个雄浑的饱经风霜的声音突然响起："年轻人，看来你对哈特拉斯角很熟悉嘛！"一位船员站在船中央一个砖砌的方形深槽旁——后来，我才知道那是提炼鲸油的槽子。身材魁梧的他，面色黧黑，满是沧桑，但看上去很乐观。"快去厨房帮忙，年轻人！"他吩咐安迪说。安迪答应着，沿着阶梯快速跑了下去。

"哈哈！看来，我们这次航行会有女人陪伴着了。"一名水手在甲板上打着绳结，他调皮地向菲比挤了挤眼睛说，"以后，我们说话要注意分寸喽。"

几名水手在甲板上做着不同的工作，有缠绳索的，有绑什么架子的，反正我也说不清楚，就不跟你们讲了。

一会儿，一阵浓郁的咖啡香味儿飘来，接着，甜甜圈和馅饼的香气也飘了过来。菲比吸了吸鼻子，赶紧下去吃饭了。

菲比在船长室里的新床铺是为她量身定做的，我呢，则睡在一个水手的吊床上。海上阳光明媚，在海风的吹拂下，庞大的船帆在海面投下黑色的影子，大船缓慢而稳健地航行着，翻起白色的海浪。我看着眼前碧蓝的大海，心旷神怡。这儿，比陆地更让我觉得神清气爽，我甚至对渐渐消失在我们视野中的波士顿港没了任何留恋。

刚出海的几天，只有菲比有些晕船，她吃不下饭，脸色苍白，蜷缩在床上不能动，不时地还要呕吐上一阵，让普雷布尔夫人很操心。安迪则很快适应了船上的生活，他吹着口哨，有时帮着普雷布尔夫人做些活，有时跟水手聊天，还向他们学跳踢踏舞。连普雷布尔夫人都对船上狭小拥挤的厨房很快适应了，她变着法子做出各种美食，今天，她竟然还烤了一炉蜜糖饼干分给大家吃。

虽然还有一两个人在抱怨不应该把女人带上船来，因为对于在海上工作的人来讲，女人在船上是不吉利的，恐怕会有不祥的事情发

第四章 出海

生，但是我们还是被大多数人慢慢接受了，我和菲比交了很多船员朋友，他们都听说了我的故事，并且知道我是用花楸木制成的。

有位叫伊利亚的船员对朋友鲁宾说："你知道吗？听说这个木娃娃是用花楸木雕琢成的，据说可以辟邪。我想，她会像那个女人一样为我们带来吉祥的。"说着，他用手往船头斜桅杆下方一指。在那儿，雕刻着传说中的破浪神"戴安娜"。说真的，我真的非常担心他会把我也钉在那个位置上，如果是那样，我就要每天都被泡在又咸又涩的海水里。因此我万分庆幸自己所受到的优待，觉得菲比简直就是我的小小保护神。

也许是船员们都听说了我能带来好运，他们争着比着为我准备各式各样的好东西，比如一张可以睡觉的小吊床，一只小果篮，一张小脚凳和一个可以放下我所有物品的水手柜。我从来没有想到我会变得如此富有。水手柜是比尔·巴克尔特意为我制作的，它被涂成了明亮的蓝色，每一面都拴上了绳结，以方便打开。水手柜的每个细节都被比尔处理得完美无瑕，连我名字的首字母都被他用闪亮的小钉子钉在了盖子上。

那一天菲比兴奋极了，她似乎比我更骄傲。为了展示这个崭新的水手柜，她跑上跑下地向大家炫耀，竟然还准备攀爬上桅杆顶端的瞭望台。谢天谢地，普雷布尔船长坚决地拦住了她。要知道，当时我已经无比恐惧，因为那儿让我想起了老松树上的日日夜夜。

我以为我永远都不会再到那样高的地方去，但显然我错了。后来，我经常随同船员们一起爬上桅梯横绳，登上那个所谓的瞭望台——一段小黑栖木，察看哪儿是最佳的捕鲸地点。

出海的第一个月，大海一直看上去平静而美丽。当我们驶过合恩角驶向南太平洋时，我们的捕鲸之旅才正式开始。普雷布尔夫人逐

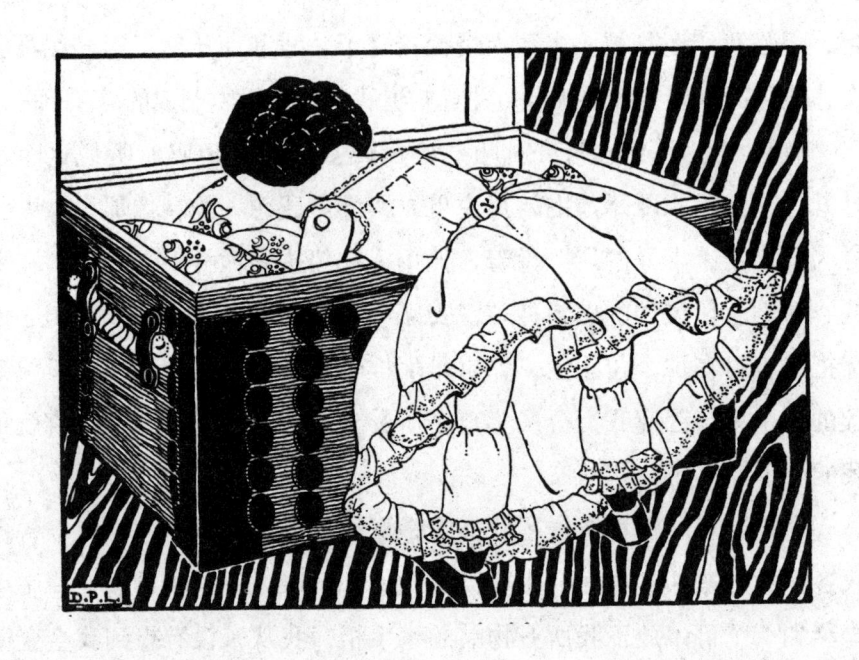

渐适应了船上的生活,船员们也努力配合着她,轮流照看着水壶"升降索",那是方便大家有更香浓的咖啡喝的最好办法。不过,船上的生活空间还是太狭窄了,你听,普雷布尔夫人又在叨唠她新发现的不足之处呢:"丹尼尔,我真是不明白,你当初为什么不购买一只羊放到船上来呢?那样,我们至少可以喝到真正香纯的奶,我还可以用奶给大家熬制香浓的奶酪。还有,不能去邻居家串门,简直快把我憋疯了。""丹尼尔,你们这些船员都是信基督教的吗?大家应该唱赞美诗,就像我们平常那样,一到周末就去做礼拜。还有菲比,我简直不敢想象,经过这次航行后,她还能把《圣经》的各种教义牢牢记住。"

也许就是为了防备菲比忘记教义,她几乎每天都把我和菲比还有安迪叫过去,反复提问半天。

"菲比,你告诉我,基督教的十诫是什么?"

"安迪,菲比说得不完整,你来完整地教她说一遍。"

第四章 出海

比尔·巴克尔现在与我们打得火热，他成了我们几个天底下最好的朋友，无论我们提出什么要求，他都会想方设法地满足。就连安迪让他去找一把小折叠刀，他都心甘情愿地跑了大半个船。

菲比特别喜欢比尔身上的纹身。他一只胳膊上纹有精美的海蛇和绿色的美人鱼，另一只胳膊上则纹着蓝色的锚和鲸鱼。一艘张扬着风帆的三桅快船航行在他的胸前，看上去酷极了。菲比常常让他掀开衣服，去欣赏这几幅美丽的"艺术品"。而安迪总是羡慕地端详着这些画儿，希望自己也能有一幅。

"比尔，你这些纹身花了多少钱？不会很贵吧？"安迪边抚摸比尔胸前的三桅快船，边好奇地问，"说实话，我也特别想纹一个呢。"

"嗯，没多少钱。这一幅美人鱼，不过花了我四百元。而这艘快船嘛，要贵一些，也才两千元。"比尔毫不在意地随口回答。

"啊？那么贵！"安迪和菲比几乎是异口同声地说。

"没错啊，那你们以为会多少钱？这可不是在纸上作画，很费事的。"比尔不以为然地说。

是啊，对一名常年在海上漂泊的水手来讲，钱挣得辛苦，但工资也高，花这些钱来纹身，无非是奖赏自己的一种方式。

不过，当安迪听说这些美丽的纹身耗费了比尔·巴克尔很多钱后，就决定放弃了。"我本来也想纹一艘船呢，像你胸前这个一样。但钱太多了，我可拿不出来。"安迪看着比尔的纹身，遗憾地说。

"呵呵，等咱们的船返航，我带你去把你名字的首字母纹在身上。别担心钱，我会帮助你的。"热情的比尔安慰着安迪，答应只要有机会，就会帮他在胸脯上刺上名字的首字母。这话让安迪很开心。

可惜，菲比有些不满意了，她赌气似的说："我也要纹身，我身上要纹一条美人鱼！"

"女孩子可真不适合纹身，那样太粗野了，不像个小姐样儿。"善良的比尔·巴克尔用粗壮的棕色手指摸摸菲比金黄的卷发，眯缝着眼睛眺望着大海，"等回家后，我会给你买很多很多你喜欢的娃娃，还会给你买漂亮的花边儿。"

"真的吗？那太好了！"菲比激动地跳起来，这可真是最符合她心意的答案了。比尔捋了一下黑色的胡须，弯着淡蓝色的眼睛笑了。

来自南塔克特岛的杰里米·福尔杰是我们的另一位好朋友。他个子也很高大，但后背上隆起一块肿块似的大包，样子很奇怪——就像一些平滑光顺的树干上突然隆起的树瘤。"噢，亲爱的菲比，这不过是一场祸事留下来的纪念品罢了。"面对菲比的疑问，杰里米挤挤眼睛，诙谐地回答道。

"我年轻时可是一位出色的水手，当然现在也不赖。"杰里米幽默地说，"那时，我的身材好得不得了。爬桅杆登高是我的强项，我能像一只猴子似的嗖嗖嗖几下就爬上去了。不过，自从那次意外——从桅杆上掉下来后，我就没有猴子跑得快了。喏，还长了这么个包。怎么样？觉不觉得我现在很漂亮？"

菲比一直用她那双蓝汪汪的眼睛盯着杰里米，然后不声不响地凑到他跟前，用她那温热柔软的嘴唇轻轻地吻了吻他。这让杰里米半天没说出话来。

杰里米是远近闻名的鱼叉手，普雷布尔船长为能请到他而感到十分幸运。大家都说他那敏锐的视力能在九英里外就看到一头喷水的鲸。他没长胡须，淡黄色的头发在阳光下变成银白，使他像一位年纪很大的老人。

一切都很顺利，航行、天气、人，和谐美丽得让人心旷神怡，让

第四章 出海

人误以为此次航行的目的就是享受一次快乐舒适的假期。

"一切都太完美了,真的,凯特,"一天晚上,我听到普雷布尔船长向夫人说,"完美得让我觉得心里很不安。"作为一位常年在风云变幻的海上捕鲸的人,他很不适应现在的平静。

没过几天,船就来到了合恩角。合恩角这个地方十分神秘,只要一提起来,船员们都会皱皱眉头。天气果然迅速发生了变化,一天傍晚,暴风雨突然从天而降,我们几乎没有时间去做准备工作。帆没有用绳索绑紧,舱口也没来得及用扣板盖好。

"不要到甲板上去!快坐下,菲比!别到处乱跑乱动。"普雷布尔夫人叮嘱菲比。在摇晃得让人站立不稳的船舱内,稍不留意就会像一片随风飘荡的落叶,连续不断地摔跟头。不用出舱,光看眼下船被左右摇晃到人人想呕吐,就可以想象得到外面的风雨有多么危险。

狂风怒吼着,那声音震耳欲聋,两个离得很近的人想说句话,都要扯着嗓子喊。"凯特,我现在必须到甲板上去看看。我要想办法逆风停船,把船帆都落下来,让船在海上漂流一段时间,等待暴风雨过去。"普雷布尔船长在船舱内检查一圈后,认为船舱内的物品还比较结实,应该不会有太大的问题。

"好吧,丹尼尔,我不拦着你。不过,你再穿上一双袜子吧。"普雷布尔夫人担忧地说。

"落下帆漂流是什么意思呢?"菲比好奇地追问了一句,然而妈妈和爸爸都没有回答她。

安迪说:"就是把帆降下来,让船不再前进,只是在海上漂着。我也要跟船长到甲板上去看看。"

"你不能去,安迪。在甲板上,只有魁梧有力的男人才能站稳,他们有经验,会让我们的船避过暴风雨的。你还是跟我到厨房去,我们准备一点热汤,他们待会儿需要喝些暖暖的热汤。来,帮我把火燃得更旺一些吧。"普雷布尔夫人轻声说。

普雷布尔夫人把菲比和我安置在船上,而且还用绒布条绑紧。"妈妈,不要这样!我不会乱动的,真的不会!"菲比挣扎着,怎么也不肯听话。"孩子,你听妈妈的话。现在,我们一点儿事儿也不能出。风这么大,如果不这样,我怕你会被磕坏。听妈妈的,风一停,我就给你解开。"普雷布尔夫人忧虑地说,"我们现在已经有太多的麻烦事了,我可不希望你再有什么不测。"

我和菲比虽然被紧紧地捆在床上,可根本睡不着觉。主舱口吊挂着一盏灯,昏黄的灯光剧烈地摇晃着,一会儿东,一会儿西,影子也跟着乱晃起来,一会儿拉长像一个恐怖的巨人,一会儿又变短像蹲着身子悄悄潜进来的小偷。菲比吓坏了,开始哭起来,可没有人听到她的哭声,她只好把头钻进被子里,紧紧地搂着我。

"噢,海蒂!出海难道就是这样吗?我一开始可没这么想过呀!"菲比轻轻地对我说,"这可太可怕啦!"

天亮了,形势依然像夜里一样严峻,暴风雨丝毫没有要停止的迹象。船员们都在甲板上和各种需要的地方忙碌着。每当有人从外面进来,船舱口被掀开,都会有海水扑进来。即使舱口不掀开,每一个巨浪也会灌进来一些海水。现在舱里已经积了大约有几英寸深的水。

普雷布尔夫人的眼睛里满是忧郁,绝望正一点点啃咬着她的心。但她还是努力地使希望的火苗燃烧着。

"凯特,你最好和菲比一起待在床上。我想分个人来帮你,可甲板上太忙了,我实在分不出人来。前舱有个位置裂缝了,得有四个人不断地舀水,才能保证水不灌满。"普雷布尔船长抽了个空进来看,他的话让夫人心里更焦急。

第四章 出海

"啊？丹尼尔，情况真的很糟糕吗？"普雷布尔夫人吃惊地叫起来。

"凯特，我不敢说到底会怎么样。现在肯定不是很好，如果风停了，我们能来得及修补就没有问题。关键是，我们要抓紧时间，要看能不能扛得过这场风暴。"船长一口气喝下夫人递给他的热汤回答。然后，他又冲上甲板去了。

船剧烈地颠簸着，一会儿像浮在云朵上，高高地翘起尾巴，我的心也跟着向上揪起来；一会儿又毫不犹豫地下沉，就好像我们马上就要沉入海底，再也浮不上来，我的心也像块石头似的落下去，落下去。

狂风和暴雨咆哮着，掀起滔天的巨浪，我们这艘船就像大海里的玩具小船，被随意地抛来抛去。船员们紧张地工作着，声嘶力竭地叫喊着，身体疲惫不堪，但谁也不敢停下手中的工作。船舱的裂缝处已经进了很多水，加上船头那儿拍进来的巨浪，水手舱的很大一部分已经没入水中。平时在那里休息的船员，只能抽空换班在船舱里打个盹儿，缓解一下疲劳，然后又冲上甲板。他们浑身上下都湿得透透的，就像刚跳进大海里游过泳。有几回，我们看到了比尔和杰里米，可他们太累太忙了，只做出个疲倦的笑脸就又匆匆忙忙地走了，或立刻闭上了眼睛。

几个男人正努力地拧着夹克，水哗哗地流下来。正在这时，一声怪啸似的风声猛地传来，船剧烈地上下震动起来，"轰隆隆"——"吱吱嘎嘎"——"咔嚓"，船发出震耳欲聋的断裂声——那声音直到现在还回响在我的耳边。

几个船员立刻停下手来，急匆匆地跑上甲板。甲板上普雷布尔船长正大声吆喝着什么，水手们笨重的皮靴奔跑的声响，混合着更多的断裂声，让人感到无比的绝望。直到现在，我站在这个安静的古董店里,想起那一刻,依然感到浑身冰冷。

"小伙子们,把桅杆砍断!"普雷布尔船长声嘶力竭地叫喊着,"快点!动作要快!"虽然他已经竭尽全力,然而他的声音在狂风怒号的海上就像草丛里一只蟋蟀的鸣叫那么微弱。在船舱内休息的三个水手一跃而起,冲上了甲板。

昏黄的油灯下,躺在我们下铺休息的普雷布尔夫人脸色苍白地坐了起来,两手合十,不停地祷告着。然后,她一只手紧紧地抓住菲比,另一只手抓住铺位,以防自己在剧烈的颠簸中滑下去。

"哇!妈妈,怎么了?我们是要沉下去了吗?"菲比惊骇地大哭起来。

"不!不会的。你爸爸会阻止这一切发生!他一定会有办法的。孩子,你千万不要哭!"普雷布尔夫人睁大眼睛,亲吻着菲比。

"我们一定不会沉下去的!海蒂跟我们在一起呢!"菲比提醒着妈妈,她用一只小手紧紧地搂着我,"海蒂是用花楸木做的,它可以辟邪,会给我们带来好运的。"

但是普雷布尔夫人愣怔怔地盯着舱口的灯光,不知心里在想什么。

过了很长时间,甲板上稍稍安静了一点儿。船长下来,看看妻子和孩子,船员们也下来休息一会儿。

"怎么样了,丹尼尔?"普雷布尔夫人问道。

"还好,我们已经把主桅杆砍断了,这样,风对船的力量会小一些。但是还有其他的桅杆被海风截断,需要有人爬上去把它们都砍掉,这样,船的重心才会稳一些。"船长疲惫地说,一双原本充满笑意的眼睛现在满是忧虑。

"情况会好起来的!丹尼尔,真的,我相信情况会好起来的!"普雷布尔夫人安慰着丈夫。

第四章 出海

"是的，会好起来的。刚才主桅杆已经倾斜了，如果不砍断，我们的船也会跟着倾斜，那样，我们就不可避免地要沉下去了。"

安迪终于有空过来跟我们聊天了。他告诉我们，当时甲板上真的很危险，如果那时船长不当机立断地砍断桅杆，用不了多久，可能只要五分钟，我们就会一起跟海底的小鱼做伴了。

"幸亏比尔·巴克尔和伊利亚动作快，他们不顾生死迅速地爬上桅杆，在最短的时间内砍断了桅杆，保住了大船。不过，当时那个红头发的老帕奇发了疯一样地护着桅杆，百般阻挠，说什么也不让砍。"安迪说。

帕奇是大副，是一个有着黄红色头发的驼背男人，他年纪很大，很少跟我们说话。当初就是他说不欢迎女人登船的，说船上有女人在不吉利。现在，他又开始这样煽风点火了。

"有一些人不信他的话，像比尔·巴克尔就不会理会，不过，好像也有一些人开始这样议论了。老帕奇还说，当时他就坚持不让女眷上船，可长官不同意。"安迪说着。我们听了都沉默不语。

那天夜里，我们都在心里想过，船可能真的会沉没。

第五章
捕　　鲸

　　令人心惊胆战的三天两夜终于过去了。风小了，雨也慢慢停了，大海不再发脾气，碧蓝的海水一望无垠。这儿已经是南太平洋了，船向着最佳的捕鲸海域驶去。"戴安娜-凯特号"看上去又恢复了原来神采奕奕的样子。船员们在暴风雨后忙碌了很久，他们修补了被撕坏的船帆，做了新的桅杆，又修补好船舱的裂缝，把里面的积水清理掉。船上的大艇被彻底维修过了，并重新刷上了油漆。捕鲸的工具也被拿出来整理了一遍，捕鲸叉被磨得更锋利了，还涂上了润滑油，银光闪闪的。涂了焦油的绳子也早已经准备好了，只要一听到杰里米发现鲸鱼后发出的第一声叫喊，就会被甩出去。

　　天气变化得真快，菲比也在"整修"自己，她先脱掉了漂亮的厚毛衣，然后又脱下了羊毛连衣裙和法兰绒衬裙，最后是所有的花边。哈，如果你能看到那个场面就好了。因为菲比这一切举动，差不多是当着所有船员的面完成的。她高高地坐在一只油桶上，船员们围着她。伊利亚是船上处理废品的高手，他用起剪刀来就像中国人使用筷子、西方人使用刀叉一样熟练。当他终于把菲比所有的衣服都"修理"过后，普雷布尔夫人脸上的表情真是难看极了。

　　"这就是带她上船来的后果！"普雷布尔夫人哭笑不得地说，"现在，完全看不到她上船前的样子了。"

　　船长也看着这一切，不可否认，妻子说的是正确的。因为菲比的

第五章 捕鲸

脸早已被晒得黝黑,而且上面还起了细小的斑点。

"最好还是把这些衣服都扔掉吧,要不也会弄上很多鲸油。她现在最需要一条简洁利落的裤子。我们可以让吉姆把一条安迪的旧裤子改成她能穿的。反正还要有几个月才能回到港口呢,这里的人谁会在意她穿什么呢?"船长劝说着。

可是,穿上裤子的菲比还会喜欢娃娃吗?她对我的感情会不会变呢?事实证明,我的担忧完全没有必要,她对我的喜爱还是一如既往。现在菲比更自由了,她跟着船员们在船上到处转,哪儿不懂,就好奇地问上几遍,没过多久,她已经满嘴都是捕鱼术语,而我也成为了第一个精通捕鱼术语的娃娃。直到现在,我在古董店里,面对着墙上挂的捕鲸的画,当时捕鲸的精彩场面在我的脑海里依然如此鲜活。

"快速前进!那儿有一头鲸在喷水呢!"坐在高高的桅杆瞭望塔里的人惊喜地报告着,他的话立刻使"戴安娜-凯特号"陷入了临战前的忙乱之中。船要改变航向,迂回到那白色的水柱附近,而且不被它发现,这是我们的第一目标。近了,近了,连我也能看到那喷泉一样的白色水柱了,它是那么高,就像一面旗帜。

"准备好了吗?快放下大艇!出发——"普雷布尔船长一声令下,三只艇立刻从大船上放了下去,每艘艇上都站着五六个人。他们分工协作,有人拿着捕鲸叉,有人划着桨。大艇飞快地向前划去,这时前面那只灰色的庞大身影却突然不见了。而就在我们大家正在努力寻找它的时候,它又突然出现在远处。

杰里米·福尔杰是第一个"叉"鲸的人。没有人嫉妒他的荣耀,因为他在这一行里是数一数二的高手,而且,这并不是一个轻松的工作。杰里米需要不止一次地将铁叉叉进那巨大生物的身体,而且当鲸被激怒,翻滚着身子卷起巨大的波浪时,他还有可能第一个被卷进那浩瀚的大海里。

这是一头体形庞大的抹香鲸，它是最大的齿鲸，体长足有十八米，而且据说有五十吨以上那么重。抹香鲸是所有船长和船员们最梦寐以求的，它身上的鲸油，足以让每个人都能分享到足够的利润。决不能让它溜走！

当三只大艇被放下后，我和菲比，还有安迪，就坐在船中央的甲板上，紧紧地抓着一处桅杆，心情紧张地观望着那一道白浪——那是那头抹香鲸掀起的巨浪。三只大艇加速驶向鲸鱼所在的海域，身后留下白色的尾巴。每只大艇上都有五位桨手，他们全力划桨，在如同镜子一样的海面反射出的强烈阳光下，迅速朝那只鲸靠过去。

"小伙子们，祝你们好运！"普雷布尔船长高声喊着，那声音里洋溢着期待与兴奋。

离弦的箭飞得有多快你们知道吗？那三只大艇，如今就是这么快地奔向那灰色的身影。而从我们这个角度看，它们越来越小，渐渐地，从比较大的艇变成一片片树叶，又渐渐像豆荚那么小，最后只剩下几个小黑点。

那头抹香鲸是有一定斗争经验的，它带着几艘艇向远处奔去。然而，不知什么时候，它又沉入水里，半天不见露面。很快，白色的水柱竟然从我们大船的另一个方向喷出，然后，它又慢慢浮出水面。它与船员们在玩斗智斗勇的游戏，我们离它很近，能够看到大部分的追捕场景。

安迪紧靠着低矮的栏杆，用双手遮住眼睛，好避开那刺眼的阳光，紧盯着那紧张的捕鲸场面。"快看！鲸在那儿！它在那儿喷水呢，就在杰里米的艇旁边。那个是杰里米，他穿着红黑相间的衣服。"安迪突然大声叫喊起来，指着远处水域，那里正在进行激烈的搏斗。

第五章 捕鲸

菲比兴奋极了,她跳上跳下,紧紧地抱着我,一个劲儿地问:"在哪儿?在哪儿?"

"就在那儿!杰里米就要投掷鱼叉啦!"安迪紧张地解说道。

我永远记得那个画面——船桨好像突然悬挂在了半空中,而船已经消失在了那巨大的灰色身影下。我们都以为,他们已经遭遇了不幸。这时我忽然想起了我曾经在教堂的座位底下看到的那本《圣经》中的插图。那幅图中的庞大海洋动物,其实就是眼前的这种鲸;而那么毛骨悚然的景象,恰恰就是现在这个场面。只是,被鲸吞没的那个男人,就是杰里米。

正在我万分沮丧的时刻,安迪和菲比突然爆发出尖叫声和笑声。

杰里米叉到了那条鲸!

"现在,他们要去南塔克岛滑雪橇了!"安迪兴高采烈地说,"只要鱼叉能够叉到鲸,绳子会帮助他们紧紧地跟在鲸后面,这就叫去南塔克岛滑雪橇。"

那真是一幅神秘的画面,大艇跟着紧绷的绳索在飞快地滑着,可前面看不见那条鲸的身影,好像那绳索正在被海底的某个神牵引着,朝着前方全力驶去。

"我根本看不到鲸!"菲比瞪大了双眼,也找不到安迪说的鲸的身影。

"它潜入海水里了。放心,过不了多久它就会浮出水面来的。"安迪说。

果然,不一会儿,那灰色的身影再次浮出水面。鲸受了疼痛的刺激,一会儿突然下沉,飞速地游着,一会儿又腾出水面,在海面上挣扎着,它摆动着鳍左右甩打,试图尽快把扎在身上的叉子甩掉。它的尾巴甩起巨大的白色漩涡,而那只叉子和后面的大艇也跟着它来回摆动着，震荡着。那一刻，我想，如果是一个普通人，恐怕会连心脏都被它震得从口里吐出来吧。

不知道那头鲸翻滚了多久，也不知道大艇上的人跟着它多少次被卷进漩涡又逃出来，我只是觉得，那时间过了很久很久。这时，一道红色突然出现在海面上，与白色的泡沫和蓝色的海水交融在一起。之后鲸的动作变得没有那么剧烈了，动作缓慢下来。"戴安娜-凯特号"上响起一阵欢呼声！

"鲸的体力耗费得差不多了，它的鳍很快就会掉下来。"安迪说。

果然，鲸的尾巴越拍越慢，后来完全停了下来，巨大的身躯开始还在海上浮着，然后一点一点倾斜，最后竟然翻转过来，肚皮朝上。等到线条分明的黑鳍平平地浮在海面上，又一阵欢呼声从甲板上响起。

"我们终于捕到它了！"普雷布尔船长把视线投向妻子，满意地说，"我想，你会准备些更丰富的食物来祝贺大家吧？"

在捕到鲸的第二天早晨，宰杀开始了。菲比把我带上甲板。男人们把平台放低了一点儿，他们站在上面，脚下放着长吊钩、刀子、叉子和桶啊什么的。鲸被平平地伸展开放在船侧，男人们用绳索把鲸吊起来，然后手持锋利的刀子开始割肉。大块的肉被割下来，然后鲸脂被整齐地割成条，放进炼油槽里，慢慢地鲸油开始从炼油槽里溢出来流在甲板上，整艘船都散发着浓重的油脂味儿。不过，大家都没注意到，因为对于那些男人来讲，这是世界上最喷香的气味儿，除了普雷布尔夫人，她说她从来没有见过这么多的油脂，也没闻过这种气味。

"哈哈！这是我们运气好，才会有这么多油脂。"大家一边忙着，一边笑着聊天。有人忙着吊起鲸割肉，有人忙着把大块的鲸肉切碎放进鲸油提炼锅里，还有人在捡起细碎的鲸鱼肉放进火里，以便炼鲸油的火能持续燃烧，日夜不息。

第五章 捕鲸

船上升起浓密的黑烟,就像古怪的蘑菇云。到了夜晚,火光变成暗红色,甲板上更热,更油腻。大家分工协作,互相照顾着,排好班轮流休息几小时,然后再投入工作。

"大家都动作快一点!我们争取以最快的速度把这一切干完,然后,我们就可以再去捕一条鲸了。"普雷布尔船长每天切割鲸肉,他的手已经抖得几乎握不住勺子了,可他还是这样说着。

安迪也参加了割肉和搬运工作,他像其他人一样打着赤膊,把裤管卷到膝盖以上。他的脸被黑烟熏得漆黑,那双蓝眼睛和红色的头发配在一起,简直就像童话里的魔鬼撒旦。

普雷布尔船长说什么也不让菲比和我靠近炼油锅,他既怕我们碍事,也怕从锅里溅出的油脂烫坏了菲比。这可正合我的心意,说实话,我可真怕自己会掉进那滚烫的鲸油提炼锅里,变成一条"小鲸"。

大约用了十天时间,这头鲸终于被全部收拾干净。油脂变成一桶桶干净的鲸油,肉也切好,被晾晒起来变成了肉干,大块的皮也被保存了一部分,听说可以用来做皮靴。而鲸骨只留下了一点点,据说可以用来雕刻什么东西。其余部分又被扔回了海里。

船朝着鲸群最多的海域驶去。有一次,他们真的遇到了一群鲸。一番恶战过后,三四只鲸被鱼叉插上小旗,绑在船两侧,随着海浪上下浮动。这是为了告诉其他捕鲸船,这是我们的战利品。在大海上很少遇到其他人类,但在捕鲸场上,这却是很容易的。现在又有几艘捕鲸船来到这片海域,竞争十分激烈。大家在海上航行了几个月,真的很寂寞,特别渴望与其他人交流。当遇到其他捕鲸船,用旗语与他们沟通后,很多人都产生了去友好拜访的愿望。可普雷布尔船长认为,这样做并不太合适,只有把手头的工作都做完以后才可以。有些人对这个决定颇有微词,帕奇就是其中意见最大的那个。他黑着一张脸,没有活儿时就躲在一旁，与别的船员谈话、聊天。他的神态中带着奇怪的神色，那神色让我产生了不好的预感。

当最后一头鲸被处理得还剩下三分之一时，离我们最近的那条捕鲸船没与我们联系就悄悄地离开了。本来，我们是打算忙完后去他们的船上拜访的。这件事让帕奇很失落，他首先发难，怪罪普雷布尔船长，嫌他没有考虑船员的精神需求，认为自己完全有权利请假去别人的船上拜访。船长不同意他的这种观点，与他发生了争吵。支持船长的人认为，如果暂停工作，不仅会浪费时间，还会损失很大一部分鲸油，从而影响大家的分成。就这样船员们分为了两派，各有各的看法，虽然最后不了了之，但晚上普雷布尔船长回到自己的舱室时，我听到他跟自己的妻子谈论起了这件事。

"凯特，我真没想到，帕奇是这样的人。这是我最后一次任命他为我的大副。当时他来应聘时，说得非常好，说自己有多少年的捕鲸经验，而且当过什么职务。我以为他会是一个很容易相处的人，但事实看来，他并不像我想象的那样完美。"

"这一点，我早就看出来了。真的，丹尼尔。我第一眼看到他，就感觉他的眼睛里流露出卑鄙与诡诈。但挑选船员不是我的责任，我没有权利指手画脚。"

"并不是他没有能力，他的能力足以应付任何捕鲸情况。不过，不管怎样，当我们船上装满了鲸油准备回家时，我真的非常高兴。"普雷布尔船长说。

"可是，我的感觉与你的高兴相比，就显得多么不合情理呀。"普雷布尔夫人叹着气，摇了摇头。

尽管如此，普雷布尔夫人仍竭尽全力地刮净蜜糖桶，做出美妙的姜饼和曲奇，好让大家吃得舒心。而且，她总是站在厨房里，把男

第五章 捕鲸

人们拿来的鲜鱼肉煎得喷香。可接下来又发生了一件不愉快的事。当时又发现一头相当大的抹香鲸,所有的大艇都被放下去追赶它。混战中,似乎是两只艇上的鱼叉前后叉在了鲸身上,但只有第一个叉上去的人会有特别的奖赏,可以分得额外份额的鲸油。因此男人们都支持自己艇上的人,双方争论不休,连自己分内的工作都不干了。无奈之下,普雷布尔船长只好宣布没有人可以获得额外的那份鲸油。这个决定显然让水手们很不满意。

不过迄今为止虽然有些不开心,但是谁也不会想到危险正悄悄地降临在我们身上。我想那是一个午夜时分,天色漆黑,甲板上突然响起了尖叫声和赤脚奔跑的声音,接着听到有人大声叫着:"所有人都到甲板上集合。"很显然发生了不同寻常的事,我们的心都揪得紧紧的,不知所措地愣在床铺上。菲比急着要上甲板上去看看,妈妈却不同意,她说:"现在不能到甲板上去。不论发生什么情况,爸爸都会来告诉我们的。你现在去,不但帮不上忙,还会打扰船员们的工作。他们现在顾不上照顾你。"我们三个人只好在闷热的船舱里心情沉重地等待着。

过了一会儿,普雷布尔船长终于出现在了舱口,他的眼睛里含着泪水。

"丹尼尔,到底发生什么事情了?"普雷布尔夫人急切地问。

"船上着火了。"普雷布尔船长尽量平静地说,"看样子火是从鲸脂间着起来的。只有上帝知道火是怎么着起来的,我们正在尽力扑救。"

"火势怎么样?不会有危险吧?"

"火集中在船中间和前部。我们把帆布打湿了,遮住了火,暂时还着不到这儿。不过,船上到处是鲸油,不敢说这火一定能扑灭。如果扑不灭,我们就要放弃大船,坐小船离开。"

"丹尼尔,我们还有多少机会?"

"机会还是有的,看我们救火的情况。你放心,别害怕,我一定会想办法拯救我们的船的。"

"谁说我会害怕?你不用担心我们。"普雷布尔夫人镇定地说,"只要你需要,我和菲比会随时支持你。"

"还是先收拾一下好。万一——"他侧转身,倾听着从舱口传来的声音。即使在昏暗的灯光下,我仍然可以看到他那黝黑的烟熏火烤下的脸显得那样憔悴,但是他挺了挺胸,仍然神情镇定地重新走上甲板,大声地发出命令。

普雷布尔夫人打开箱子,开始把重要的物品捆扎成包裹。菲比也学着她的样子,把我的小脚凳和小裙子什么的也收进包里。

"妈妈,是有人故意放火吗?咱们的船会烧光吗?那些鲸油会燃烧起来吗?鲸油已经燃烧起来了吗?火势还能控制住吗?我们会放弃大船吗?"菲比的问题一个接一个,弄得普雷布尔夫人很烦,她只好回答说:"亲爱的,麻烦你快一点收拾,不要再问这么多问题了。我什么也不知道,什么也不知道。"

安迪下来了,他带来的消息并不是很好。"帆布盖着的地方,火也没有灭掉,下面有浓烟正飘散开。他们都说火扑不灭了。现在大家想的是船往哪个方向开才更容易获救。现在帕奇说在这一点上他比船长更有经验,很多人都支持他。"

普雷布尔夫人静静地听着,然后说:"安迪,你拿着这个包裹。菲比,你也把你的包拿好,我们到甲板上去。如果有什么麻烦,我不希望我们被困在这下面,什么都做不了。"

大部分船员聚集在船长和帕奇周围,拿着航海图争论着航向。我

第五章 捕鲸

们站在升降口扶梯顶部听着,他们争论得十分激烈,话语都很尖锐,各自都有各自的道理。我躺在菲比挎的小篮子里,眼睛看着天空。海面上的天空是那么明净,如果不被甲板上笼罩的黑烟偷袭的话。天空上淡淡的粉色正在渐渐扩大,一个清晨即将到来。

然而,被大块帆布遮蔽的地方仍然有黑烟冒出来。不一会儿,安迪就直嚷着烫脚了。普雷布尔夫人紧紧地拉住菲比的手,视线却从来没有离开过丈夫那坚毅的脸。

看上去所有的船员都站在帕奇那边,没有人听船长的号令。他们认为,现在的局势这么令人悲观,他们有权利选择自己的出路。船长认为,船驶向他发现的海岛,会更容易获救,而帕奇认为他发现的海岛方向才更容易获救。两个方向是完全相反的,两人僵持不下。最后,船长无奈地把航海图折好,小心地放进胸前的口袋里,轻声说:

"帕奇,那么,你和你的伙伴们一起乘大艇离开吧。我和我的人宁愿去船底,也不愿意和你们这群没有航海经验的人一同葬身海底。你们快离开吧,很快,你们就知道我是正确的了。"

"哦,丹尼尔,你在做些什么?"普雷布尔夫人忍不住轻声说。

"凯特,菲比,站到我身边来!"船长下了命令,仿佛我们也是他的手下一样,"不管发生什么事,都不要动。"

"船长,我们也站在你这边。我们相信你!"留下来的人有比尔和杰里米,还有鲁宾,"只要大船还存在一天,我们就支持你!"

船长听了他们的话,点点头,什么也没说。

当太阳升得很高的时候,五只大艇被一一放到海面上,我永远无法忘记那些男人离开时的表情,他们一个个面色严峻,沉默不语,几乎都没有回头看上一眼。我们目送着大艇慢慢驶离,艇上的小帆就像蓝色背景下的一个个白色的纸三角,越来越远,直到最后再也看不到了。直到现在我还经常会想，他们后来到底怎样了呢？是比我们略好，还是像船长说的那样，驶向了某种灾难？

甲板上的浓烟越来越黑，迅速扩散到了船上的每个地方。菲比和安迪他们不得不用湿布捂住鼻子，而我，则不用担心这一点。船长和其余几个船员一边用湿布捂住鼻子，一边坚持工作。他们想方设法地操纵着这艘着火的大船，想朝可以望得见的远处的群岛驶去。但这并不是一件容易的事，最后，他们不得不放弃了。

"到船尾看看他们给我们留下了什么，找些食物和淡水来。"船长的脸早就变成了花脸，其实我们每个人都是，"我们还是要到尾船上去。"

一条绳梯放了下去，杰里米慢慢地爬下船，绳梯晃动起来，看得人一阵眩晕。

"啊！我不要从那儿爬下去！那是不可能的！"普雷布尔夫人惊慌失措地叫着。

杰里米安慰她说："太太，你抓牢我，没事的。你把裙子提一下，不用担心，我帮你翻过船舷。"

在杰里米的帮助下，普雷布尔夫人爬下绳梯，登上了小船。安迪和比尔带着几小桶食物和淡水，也登上了小船。船长则拿着罗盘和提灯，还有一些必要的工具，以及航海日志。这些，是我们下一步艰难的旅程中必需的工具。

"比尔，你和安迪，带着其他几个船员登另外一条小船。我和鲁宾负责照顾女眷。大家一定要紧跟着我，以我的估测，在天黑之前，如果顺利的话，我们会登上那个群岛的某座小岛。"船长下着命令。

这时，菲比把我装在一个小篮子里，然后把篮子放在一个装咸肉的高木桶上，她自己则去寻找刚刚掉了的鲸鱼骨雕刻。显然，船长觉

第五章 捕鲸

得这样太危险了，赶紧追过去抱起了她，然后把她交给杰里米，放到了小船上。

突然跟菲比分开，使我感到了一阵前所未有的担忧。但我此时还没有完全失望，因为大家还正在为第二艘小船配放食物和淡水，他们一定会发现我的。我还听到了菲比呼唤我的声音，但周围太嘈杂了，似乎没有人听到。接着，正当杰里米返回来要把一个大桶和装我的那只桶搬下去时，鲸油突然燃烧得更加凶猛，比人还高的火焰从炼油槽两侧喷射出来，将桅杆团团包围。小船上传来一阵惊呼声："杰里米，快下来！时间来不及了！不要再搬了，再搬会有危险的！"于是杰里米停下了脚步，赶紧转身跳到小船上。两只小船迅速从大船旁边划开了。

天哪！难道他们再一次遗忘了我？就这样把我放在这艘随时都会变成巨大爆竹的火焰堆里？

我还能清楚地看到小船上杰里米红白蓝相间的衣服和安迪的蓝衫，甚至还看到了菲比指向我的手臂。我知道，她是在告诉大家，我还在船上。然而，小船并没有因此停下来。我真的被他们遗弃了。

"戴安娜-凯特号"正在变成一只巨大的火球，橘黄色的火焰围住桅杆，沿着索具迅速向上爬升，大火的咆哮声，加上桅杆和其他物品此起彼伏的断裂声，让人心惊胆战。我颤抖地等待着与这些木材相同的命运——被烈火燃烧成灰烬。在即将与这世界告别的一刻，我努力克服着热浪带来的不适，回忆起那些美丽的场景，比如普雷布尔庄园里那散发着幽香的丁香花和苹果树，会议厅山上的尖塔，还有夜里鸣叫个不停的蛐蛐儿。

现在，只有奇迹才能救我了。我暗自祈祷着，以一段花楸木为材料制成的我，难道不应该更幸运一些吗？

就在我脸上的漆即将烤化的时候,"戴安娜-凯特号"猛地发生了倾斜,我猜想可能是船底的支撑结构被烧断了的缘故。随着船的倾斜,船上的木桶翻滚起来,于是我被甩出了篮子,跌跌撞撞地冲出了栏杆,掉进了海里。

不管怎样,大海总比烈火要温情得多吧,而且听说海水是天然的防腐剂,落下去时我这样想着。

第六章
再聚首

水手们在谈到死亡时，会说他们即将要"加入鱼群"。我现在清楚地明白了这句海上谚语的含义。当你随着海浪漂荡，在不同模样的鱼群中徘徊时，你就知道了。

我从"戴安娜-凯持号"掉下去后，船也很快就沉到了海里，所以事实上很长一段时间，我都跟大船纠缠在一起，我舒服地躺在船上的一盘绳索中在海上漂浮，直到一个大浪将我们拍开。这令我很不高兴，不过一想到我刚从熊熊火焰中逃生的经历，我也就没有心情再挑剔了。一群长着利齿的鱼不知从哪儿游了过来，瞪着贪婪的眼睛，狠狠地咬了我一口，不过发现我的口味并不那么美好后，它们就放弃了。可是，鲨鱼和鲸还是需要避开的，它们的嘴太大了，如果你还记得我上次提到的《圣经》插图中那个被吞掉的人，就一定能理解我的感受了。

"漂泊"这个词，实在是太形象了。如果你曾经被海浪抛来抛去，如果你曾经被不断冲刷，你就会体验到那种身不由己的困难。现在回想起来，热带的太阳和星星，还有咸咸的海浪，都无比清晰。尤其是此刻夜深人静，我坐在古董店里默默回忆的时候。

慢慢地，水流似乎在不断地朝着一个方向涌去，虽然我并不知道那方向是哪里，但能感觉到海浪似乎越来越小，而鱼群也不那么经常地出现在我眼前。尤其是鲸和鲨鱼，几乎都看不见了。这时我才吃惊地发现，我来到了珊瑚丛中的一个深洞，这里完全听不到海浪的声音，四周是明亮的各种颜色的海藻，它们漂浮在水面上，乱七八糟地缠在一起。静静的岩石潭里，有很多小的带壳的动物，什么海螺啦，海蛎子啦，它们慢慢地蠕动着，寻找着食物。一只大大的颜色鲜艳的海星缠在我的脚上，筋疲力尽的我连看也懒得看它一眼。

太阳热辣辣地照下来，我露出水面的部分很快结出了一层白白的盐花儿。不知道过去了多久，昏昏欲睡的我突然被一阵奇怪的叫声惊醒。我原以为这叫声是不知名的水鸟发出的，但很显然，我错了，因为出现在我眼前的是红白蓝三色的衣衫，那是杰里米，旁边是穿着蓝色水手服的安迪。他们正拿着水桶要去打些适合饮用的淡水，千万让他们发现我吧——我祈祷着，因为我实在太害怕再去独自流浪了。

谢天谢地，他们发现了我。你们可能也已经猜到了，要不我怎么可能现在坐在这里写回忆录呢？

"是海蒂！天哪！真的是她。看来，花楸木真可以辟邪，谁能想到她会从那艘着火的大船上逃到这儿来呢？"他们俩激动地喊道。

"瞧！我把谁带回来了？"当我们出现在大家面前时，安迪举起我得意扬扬地说。

本来要嘲笑他笨得连螃蟹也抓不到的菲比，这时抢上来，紧紧地把我搂在怀里，眼圈里满是泪花。

"海蒂，对不起！是我没照顾好你，是我把你忘记在那个大木桶上的。"菲比惊喜交集地说。

"这真是一个奇迹！"普雷布尔夫人也惊叫起来。

"妈妈，别忘记，她是用花楸木做的。"菲比提醒着。

普雷布尔船长从菲比手中接过我，翻来覆去地查看着，说："如果不是花楸木做的，估计她也到不了这里了。真是个好运的娃娃！没

第六章 再聚首

想到我们历尽艰辛来到这里，身边只剩下张航海图和两对木桨，而她不用费什么力气就来到了这里。安迪，你是从哪儿找到她的？"

天哪！船长，你哪里知道我遇到的那些麻烦。

"就在那边的岩石潭里。她和一些木头还有一些其他的东西一起漂到了这个岛上，一会儿杰里米就能带着那些有用的东西回来了。"安迪回答道。

"真是难以置信。看到海蒂，我又重新找回了信心。它让我感觉到，这座岛屿距离外面的世界也许并不遥远。"普雷布尔夫人说。

"太太，别灰心。瞧，海蒂都能自己回家，她是个能带来好运的娃娃，我一直这么认为。"安迪一边忙着砍掉脚下密密麻麻的灌木丛，一边安慰着普雷布尔夫人。

透过船长的手，我看见旁边的树枝上有几只长尾巴、大眼睛的棕黄色动物爬上爬下，有时还从一根树枝跳到另一根树枝上，后来，我才知道它们叫"猴子"。当然，不止是猴子，还有一些或是亮蓝色或是翠绿色的鸟儿也在枝头鸣叫。

"恐怕她再也不能恢复原来的样子了。"鲁宾冷静地说，好像他已经仔细查看过我一般，"瞧她浑身都被浸透了，而且还有牙印。衣服也破了。"

"谁又不是湿得透透的呢？你看，我们的衣服也都变了颜色。"普雷布尔夫人指指晾晒在树枝上的帽子，叹息着说。

菲比立刻动手给我缝补衣服，虽然我的衣服干了之后皱皱的，颜色也不再鲜艳，但是当我看到其他人的样子后，就感觉自己也没那么糟糕了。

这座岛是船长所说的群岛中最外面的一个，像珊瑚礁一样大，岛上长了很多植物，有高大的棕榈树和椰子树，也有蕨类植物，听说

第六章 再聚首

还有芙蓉花和越橘。总的来讲,这儿还算物产丰富,至少有水果可以吃。菲比和安迪都非常喜欢椰子,他们最喜欢敲开椰壳喝那些白色的椰浆。虽然普雷布尔夫人并不太喜欢椰子,但看到他们喝得很畅快,也觉得很高兴。而这几乎成为了我人生中的第一个遗憾,因为看到他们喝得那样津津有味,而我却无法品尝。大家寻找淡水的工作徒劳无功,不过好在热带有着随时从天而降的雨水,用小桶收集起来供人饮用还是可以应付一段时间的。船长和鲁宾去岛上转了一圈,发现了一个破旧的茅草屋。茅草屋上的叶子都腐烂了,看样子已经很久没有人住了。大家砍来树枝,把它加固得更结实些,以应对随时而来的热带阵雨。

普雷布尔船长相信,远处那座若隐若现的岛屿上可能会有土著人生活,这座茅草棚应该就是他们上次登岛时留下的。这个想法让他很忧虑,因为一直以来,没有船只停靠过这些岛屿,而且到处都流传着在岛上生活的土著人会吃人的传说。

在岛上生活的第一个夜晚真的非常奇妙。透过茅草屋顶,我可以看到天空中闪亮得像钻石一样的星星,它们是那么明亮,简直让人想摘一颗下来。树林里传来阵阵猴子的呼唤声和鸟儿的鸣叫声。海浪声有规律地一阵阵传来,拍打着岸边,让人心潮澎湃。

普雷布尔船长每天拿着望远镜朝远处的小岛上望,有一次他说看到了岛上升起的袅袅炊烟。普雷布尔夫人知道他是担心会有土著人到访,虽然普雷布尔夫人在离开家时从来没想过除了波士顿还会去什么更远的地方,而且现在的情形也足够让她后悔、忧郁,但是她爱自己的丈夫,她要帮助丈夫摆脱困境,于是她振作起来安慰船长说:"不用担心,丹尼尔,我们现在没有什么大事,已经很幸运了。人生在世,总会遇到各种问题。只要有一天我们能回到缅因州,我一定要写一篇像《大卫王》那么出色的诗，来纪念这一切。"

"人无论身处顺境还是逆境都要活下去，这话我知道。我只是不明白，为什么当你和菲比都在船上时，我却必须舍弃我的船和最丰富的捕猎物。不，其实我已经很久没有得到上帝的眷顾了。"船长的话里透着一点沮丧。能够在这样的环境里还保持乐观，真的需要勇气。尽管如此，船长在其他人面前却从未流露出过一点点沮丧，一直是那样坚定而平和。他每天坚持用望远镜察看海上的情况，并且坚持记录航海日志，虽然他认为记录航海日志并不是他的责任，而应该是大副的职责。没有笔和墨水，他就用树枝蘸着紫蓝色的"越橘墨汁"来写。

"大家赶紧收拾东西！男人们，你们要带好你们的武器，做好准备！"一天早上，船长和杰里米·福尔杰急匆匆地从海边赶回来，催促着大家赶紧收拾物品。

正在茅草屋门边玩耍的菲比好奇地问："爸爸，为什么呀？为什么要收拾东西呢？"

正在准备早餐的普雷布尔夫人脸色苍白，什么也没说，只是愣愣地看着船长，等待着他的回答。

"有一艘船正在开过来。我不知道他们到底是什么来历，但是，很有可能是来自远处那个荒岛的土著人。我们必须做好一切准备，包括抵抗！"船长的话里透着凝重与一丝搞不清情况的焦虑。

菲比正在用拣到的彩色贝壳给我建造小房子，她似乎并不能体会父亲的焦虑心情，仍然不紧不慢地玩着。

"比尔，你告诉我，土著人待人友善的可能性有多少？"船长问，"你与他们打过交道，我相信你的判断力。"

比尔·巴克尔望着大海，沉思了一会儿，面无表情地说："土

第六章 再聚首

著人与我们打交道分两种情况，一种是要看他们能用椰子换来多少棉布、玻璃、刀具，或者是白糖，这个时候，他们是友善的。而当他们的椰子换不到他们想要的物品时，只怕他们会成为典型的食人族。"

"什么？"当啷一声，普雷布尔夫人手中盛着水果的盆子掉到了地上，红红绿绿的水果撒了一地。

大家吓了一跳，抬头看她，只见她的脸色更加苍白，呆愣愣地站着。随后，她立刻朝菲比扑去，那神态就像菲比正在遭受可怕的刑罚，迫切需要得到解救。

"妈妈！妈妈！你怎么了？"菲比紧紧搂着自己的妈妈，奇怪地问。

普雷布尔夫人一句话也不说，只是紧紧搂着孩子，眼睛里渐渐飘起淡淡的雾气。

普雷布尔船长皱着眉头，轻声安慰着太太："没关系的，有我在呢，凯特。"

"这只是我的猜测，我们并不一定会遇到那样的事情，夫人。"比尔赶紧安慰普雷布尔夫人，"我们会有办法应对任何问题的。"

男人们立刻行动起来，他们凑在一起制订计划，准备迎接一场战斗，或一次友好的拜访。所有可以使用的"武器"，如刀具、木桨，包括木棍等，都被搜集起来。杰里米和鲁宾去岸边把我们的船藏在一个洞里，因为那是我们可以逃生的工具之一，如果没有它，我们这些人将更没有希望。每个人手上都配了一个穿索针，那是大家从船上下来后每天都要携带着的工具。船长很为自己的手枪无法派上用途而难过，因为枪里的弹药都被海水泡过了。

"菲比，我们现在玩一个藏猫猫的游戏，好吗？你会听爸爸的命令吗？"船长问。

"当然,我最喜欢玩藏猫猫了。怎么玩呢,爸爸?"菲比兴趣大增,脸蛋上还挂着几粒刚才玩贝壳时沾上的细沙,有趣极了。

大家都笑起来,气氛轻松了不少。

船长说:"那么,你和妈妈,还有安迪,先躲到茅草屋里,让安迪当你们的守卫。你们要想办法保护好自己,看到有危急情况时再来帮助我们,行吗?"

"爸爸,这个主意好!我们要和他们躲猫猫,还能玩警察打坏蛋游戏。太好啦!"菲比竟然兴奋得要跳起来了,脸也涨得通红。

普雷布尔夫人牵着菲比的手钻进茅草屋。安迪守在门口汇报道:"大约有五十只船在驶来,也可能更多。阳光耀眼,看得不是很清楚,但他们肯定是在朝我们的方向驶过来。"普雷布尔夫人没有吱声,脸色变得更加没有血色,正在收拾东西的手也停顿了一下。

鲁宾和杰里米回来时,那些棕黄色皮肤的人已经爬上了岸。他们几乎没有穿什么衣服,有些人手里举着粗糙的矛,有些人手里举着粗糙的盾,还有人挥着钉满长钉子的棒子,样子可怕极了。估计他们是在岛上看到了我们点燃的炊烟,才发起这次探岛行动的。

"有一些人爬上了大树。船长和比尔已经迎了上去,那些乱动的人停下来了,朝船长他们走去。"安迪蜷缩在门口,一直密切地观察着屋外的一切,连续报道着。

普雷布尔夫人紧紧地搂着菲比,菲比似乎也感受到了不同寻常的情况,紧紧抱着我,偎在妈妈怀里。

"船长先向他们鞠躬,他们好像在比画着什么,不过没有人出声。那个个子很高、在腰上围着几片草的人,可能是首领,他也在听船长说话。现在,一切都很平静。"安迪汇报着。

过了一会儿,安迪又报告说他们一起向我们走过来了。他们走

第六章 再聚首

过来其实只用了几分钟，但我却觉得我们像是在茅草屋里等了几小时一样。脚步声越来越近，我很高兴看到普雷布尔船长站在屋门口，朝我们点点头，示意我们过去站到他旁边。普雷布尔夫人一只手伸向安迪，一只手牵着菲比，跟着船长走出了茅草屋。我们就这样暴露在热带的太阳下，那灿烂的阳光晃得我们几乎睁不开眼睛。很多棕色皮肤的人向我们拥来，普雷布尔夫人的脚步停顿了一下，手紧紧地抓住菲比。

"别害怕，凯特，"普雷布尔船长轻声安慰着妻子，"到现在，他们还什么都没做。我们交流得还算顺畅。你千万不要害怕，不要有什么刺激到他们的动作。"

这些棕黄色皮肤的人，头发卷曲着，耳朵上戴着贝壳或者小石头做的耳环，鼻子上竟然也戴着鼻环。他们的脖子上挂满了一圈圈的贝壳项链，甚至手臂上、手腕上、脚踝上也戴着各种各样的环子。这是一个喜欢装饰品的民族。

这么多人围着我们，大家面面相觑，却没有什么话题可聊，别提那场面有多让人心情紧张了。

聪明的比尔忽然伸出双手，掀起衣服，然后脱下了它，露出身上那些美丽的纹身。这下吸引了为首的土著人的兴趣，有几个人围了上去，指指点点。但这只持续了很短的几分钟，一切又静止了，气氛凝重得可怕。我从来没想过，有一些恐惧会比在烈火中燃烧或在海底沉没还令人窒息。

"他们就像一群孩子，喜欢新鲜有趣的玩具。幸好，现在他们还没有什么攻击的兴趣。"普雷布尔船长轻声说。

他说得太对了。这些土著人的兴趣保持得真的太短了。他们现在突然对菲比产生了兴趣，这让普雷布尔夫人几乎晕厥过去。

那个身材魁梧围着草裙的首领仔细看了看菲比，然后朝身后的人挥了一下手，嘴里叽哩咕噜地说了几句，那一群棕色皮肤的人就都安静下来。他那黑色的眼睛紧紧地盯着菲比手中的娃娃——我，然后用手轻轻地碰了碰我，我能感受到他那双大手的温热与粗糙。天哪，难道这个首领对我感兴趣？

他又咕噜了两句，然后朝菲比伸出了手。

"菲比，把海蒂给他。快点儿！"普雷布尔船长急切地说。

"不，爸爸！我不要！"菲比迟疑了一下，不肯把我交出去。

船长尽量冷静地重复了一遍："菲比，把海蒂给他。只有这样，才能救大家。"

菲比还在犹豫，普雷布尔夫人嘴唇抖动了半天，吐出几句别人几乎都听不到的像蚊子叫一样的声音："菲比，好孩子，把海蒂给他吧。她是幸运女神。"

菲比紧紧地搂了一下我，然后，只好伸出手把我交了出去。

那个棕色皮肤的首领小心翼翼地用双手接过我，好像我是他们敬仰的神，然后转过身子向手下人高高地举起我，说了一串我压根儿听不懂的话。

"他们把海蒂当作某种神灵了。或者，他们认为，她就是他们寻找了很久的神。"比尔说。

普雷布尔船长深为同意比尔的说法："她拯救了我们。好像每一个关键时刻，她都会成为拯救我们的主角。"

"你会还给我吗？"就在这时，菲比朝我伸出一只手，企盼地问，"你会还给我吗？"

这让船长很害怕，他立刻把菲比的手拉了回来，悄悄地说："菲比，海蒂会有办法回来的。别忘了她是用什么木料制成的，她是我们

第六章 再聚首

的守护神。"

比尔·巴克尔也警告说:"菲比,站在那儿不要动。这些土著人早就想好要怎么对待我们了。他们认为海蒂是一种神,把海蒂拿走,就能控制我们。不要触怒他们,否则,后果是很可怕的。"

普雷布尔夫人喃喃地说道:"我现在真的相信那个小贩说的话了。花楸木的确能带来幸运和吉祥。"

菲比高高举起一只手,就像在祈祷和祝福,土著首领和他手下的人看到了,也开始了他们虔诚的仪式。首领高高地把我举起来,那黑压压的一片棕色皮肤的人全都低下头,双手在胸前抱成拳,嘴里咕噜着什么。

哦,老天!看来,我真的被他们当作守护神了。不过,能够被这些人当作神来虔诚地供奉,这种感觉可真奇妙。

回忆起以往的经历,我突然发觉,其实,没有谁能比我的经历更神奇、更曲折了,而这次经历无疑是其中最神奇的一段。

想到这儿,我对暂时离开菲比他们也就不再觉得那么痛苦了。能够替他们做些力所能及的事,好像就是我出生的根本原因。

第七章
当神的日子

恐怕没有哪个娃娃会像我一样，被一个部落当作神明供奉吧。尽管我对他们的愿望一无所知，就像他们无法理解人们为什么要在会议厅山的教堂里祈求上帝一样，但我此刻确实享受着被他们虔诚礼拜的待遇。

我被那些棕色皮肤的土著人迎入他们特意为我布置的小神殿。那个神殿是用绿叶和竹芽布置的，我被安放在圣坛上，周围摆放着粉红色的芙蓉花。每当花开始打蔫儿，就会有人换上新花。圣坛前，还会有人奉上贝壳和水果。我相信，若不是我还一心记挂着拯救普雷布尔一家的重任，这些待遇一定会让我得意忘形的。

那个身材魁梧的首领似乎对我的衣服不太满意，他一件件脱去我的外套和裙子，直到只剩下一件棉布背心才停下手来，仔细地打量着。哦，这背心上有着菲比用红色丝线绣上去的我的名字，颜色还是那么鲜亮。我想可能是因为我的名字在经历了海水的浸泡和阳光的暴晒后还能奇迹般地保持着原来的颜色，所以他们把我的名字当作了某种神的符咒或是神迹，这也可能是我得到如此待遇的原因吧。

他们按照自己部落的习惯，用一些颜色奇怪的浆汁涂抹我的脸、脖子，还有全身。所以，很快我就变得面目全非，看上去与他们的肤色没什么两样了。他们还把一串用草绳串起的红珊瑚挂在我的脖子上，又在我的身上披上了花朵和树叶，把我打扮得怪里怪气的。虽然

第七章 当神的日子

我很恶心，可是出于尊重，我不敢流露出一点儿不适应的神态，而且一直在努力地笑着。要知道，这是我唯一可以为普雷布尔船长一家，特别是菲比，做的事情了。

当一个神被寂寞地摆在圣坛上，并不是一件特别愉快的事，尤其是一连很多天都只能这样平躺着，感受不到阳光的照耀和海风的吹拂，也看不到什么新鲜事儿。不过，还是有一两次，我似乎听到了杰里米和比尔说话的声音，有一次，我甚至听到了菲比的叫喊声。

猴子，那些长尾巴的动物，慢慢成为了我作为神明以来最接近我的生物。开始它们只是对摆在我面前的供物——那些水果和贝壳感兴趣，常常趁土著人不注意时偷走它们。而每次供物丢失后，那些土著人并不会生气，或者愤怒，而是带着恐惧和敬畏跪在我面前，好像他们认为，那些供物都是让我给吃了。然后，那些土著人会采来更加鲜嫩的水果摆在我面前，期待着我再一次显灵。

这个游戏特别有趣，所以，猴子们会越来越愿意到我面前来，跟我玩游戏。这些猴子中有一只长着银白色面庞的，似乎特别喜欢我。开始，它也只是和其他猴子一样，用细长的手指戳一下我，但很快，它似乎对我亲近起来，经常来看我，偶尔还碰碰我的脸。慢慢地，我似乎听懂了它的叫声，知道它每次发出的声音是表达什么样的情感。有一次，它甚至拿来一个肉蔻，放在我的手掌里，希望我吃了它。

我以为我就要这样在土著人的部落里待上一辈子了。然而，那个特别的夜晚还是来临了。那天夜里，天气闷热，热带雨林特有的潮湿气，还有那些虫吟、鸟鸣与海浪声纠缠在一起的声音，与往常没有丝毫不同，包括花草和水果散发出的清香，都与往常一样。天上没有月亮，只有几颗钻石一样的星星在棕榈树枝头闪烁着。那些土著人围着神殿睡着了，鼾声此起彼伏。

突然，越来越轻的脚步声渐渐向我逼近，似乎有谁就站在我的脚下。要知道，我被那些土著人安放在高高的竹芽神殿上。神殿下方的树枝已经开始危险地晃动起来，发出窸窸窣窣的声音，我真的很担心那些土著人会听到。现在，来人气喘吁吁地靠近了我，我的脸上已经能够感受到他呼出的热气，然后，一只手突然伸了上来，把我抓在手里，拿了下去。

是安迪！在穿过浓密的棕榈林后，我趁着朦胧的星光辨认出了那熟悉的身影和气息，虽然模糊，但确定无疑。安迪飞快地朝海岸边跑去，一边跑还一边不停地回头看。

"你到哪儿去了，安迪？"突然，杰里米·福尔杰不知从哪儿冒了出来，他拦住安迪问，"我还以为你在和大家一起准备物品呢。"

"我去拿点东西。"安迪吞吞吐吐地，并没有说实话，"船准备好了吗？"

"差不多了。不过，有一艘船有个漏洞，我们只好挤在一条船上了。"杰里米不太高兴地说。

我从他俩的低声交谈中得知，原来，普雷布尔船长在用望远镜观察时，发现有一艘大船正在经过附近地区，他认为如果我们大家努力追上那艘船，就有可能获救。安迪正是听说我们要离开这个岛，才决定冒险回来救我的。我是多么感激安迪呀！是他粉碎了我永远成为土著人心中神明的这种可能。

船长不敢发射信号弹，害怕惊动土著人，所以只好先把小船藏起来，等到夜晚来临再出发。

"你到哪儿去了？现在这么忙碌，你却去做没有用的事情。要不是时间紧，我真会给你一鞭子！"船长的恼怒显而易见。出发前的准备工作极其忙碌，而且大家的心情都很紧张，害怕出一点儿差错就会

第七章 当神的日子

毁了这次行动。

现在我们躲在岸边一个遮蔽得很好的小海湾里,普雷布尔夫人和菲比已经坐在了小船的尾部,男人们小心地往船上装着必要的物品。

"我们必须要注意保持好船的吃水差,否则,可能还没等我们追上大船,小船就已经覆没了。"船长紧张地说。

"我去找海蒂了。"说着,安迪把我拿了出来。菲比一听,立刻站了起来,小船也剧烈地摇晃了起来。

船长吓得赶紧喝止她:"坐下!菲比,快坐下!安静一点儿。"

船长接过我,翻来覆去地看了两眼,然后问:"这就是你刚才做的事?"语气显然和缓了很多。

"嗯,我刚才就是找海蒂去了。"安迪说。

"你难道不怕那些人会因此杀了你?这可不是吓唬你,这事儿很可能会发生。"

安迪说:"我知道。不过,菲比这么喜欢她,而且,我又早就发现了他们把海蒂藏在哪儿,如果不去把她救回来,我会心里不安的。再说,海蒂是一个非比寻常的娃娃,她值得我这样做,不是吗?"

"小心!如果他们发现海蒂不见了,出海来追咱们就不妙了。"鲁宾警告大家,"还是尽快动身吧!"

"是啊,"我听到杰里米赞同地说,"一旦被他们发现,我们就更危险了。但我还是为安迪能救出海蒂而感到高兴,海蒂值得我们冒险去救,就像去救我们之中的任何一个人一样。"

"你说得对!"普雷布尔船长说,"现在,小伙子们,我们要准备出发了。安迪,你坐在船头,注意观察前方的亮光。上帝保佑,不要让那艘大船开足马力全速前进。"

于是,当我们从那个小海湾驶向大海时,我又重新回到了菲比的怀抱里。菲比紧紧地搂着我,激动地对妈妈说:"妈妈,以后我再也不会丢下她了。我要让她和我们一起回缅因州的家。"

"好的,孩子。只是,我们——"普雷布尔夫人没有把话说完,而是叹了一口气。剩下的事情,真的没有办法向一个孩子描述。但我知道她的心思,我知道我们现在正处在最危险的状况中,如果土著人发现我不见了,那我们就不可能再回到小岛上;假如小船不能很快追上那艘大船,那我们就只能在海上随波逐流,最终肯定会因为食物断绝而葬身海底。

除了菲比,大家都知道这种可能性有多可怕。所以,男人们奋力划动船桨,朝着普雷布尔船长所指示的大船的方向划去。人太多,船吃水很深,所以海浪很容易就溅到了船舱里。很快我就被浪花打湿了,不过,我不但不觉得难受,反而觉得这是除掉那些土著人在我身上装饰的奇异色彩的最佳方法。风不大,这使我们的小船帆无法升起,但对于大船来说也一样。船长说,如果天气一直保持这样的话,那么我们追上大船的机会是一半一半。大家轮流划桨、掌舵和瞭望,并且通过一个罗盘,不断校正着小船的航行方向。普雷布尔船长真是个有远见的人,他幸运地保存下了一些煤油,这样我们有了提灯和火镰,就可以在看到大船时向他们发出信号弹。

星星低低地悬挂在空中,在海面上,你会觉得它离你很近很近。男人们换着班用力划桨,这项工作真的很累人,会让人在很短的时间内就疲惫不堪。"按理说我们会随时发现那艘大船。"船长望着海面说。很多次,有人会惊喜地指着"灯光"给大家看,然而,那不过是星光在海面上的影子罢了。失望的情绪在蔓延,大家变得越来越沉默,只是固执地继续划着桨。

菲比早就疲倦得偎在妈妈怀里睡着了,可我还是直直地坐在她身

第七章 当神的日子

上，因为我认为自己对于这些男人来讲，有着某种不可推卸的责任。

安迪一直缩在船头，一声不吭，我还以为他睡着了，但是我错了。

"大船在那边！在左船舷方向，你们快看！那儿，那儿有灯光！"安迪的叫声让大家精神振奋起来。果然，在他手指的方向隐约可以看到一处比夜色更深的黑影，黑影里有黄色的灯光。

"安迪说得对！我已经能看清楚它了。"杰里米也确认道。

男人们大叫了几声，表达着自己激动的心情，划桨的动作也突然有力了许多。而普雷布尔夫人激动得都有些颤抖了，菲比也从睡梦中醒来，高兴地紧紧抱住了我。

"我们离它还有一段距离，"船长用望远镜观察了一番后说，"看来，我们还需要努力。鲁宾，把船桨给我！"

船长想把提灯绑在船桨上，然后想办法点燃灯芯。然而这个工作真的很困难，一方面火镰打着火非常不容易，另一方面是海上的微风虽然不大，但足以吹灭微弱的火苗。在我的感觉中，点火这个工作似乎持续了有二十多分钟。在大家的期待中，提灯终于点燃了。火苗忽左忽右地飘动，很微弱，微弱到如果不细看就很难在大海上发现它。但它显然是我们的救命稻草。

"这么小的火苗，是不会有人发现的。下一步我们只能点燃衣服，让火苗更醒目些，争取尽快引起船上人的注意。"船长说，"谁的T恤衫能奉献出来？"

衣服早就成了我们的奢侈品。鲁宾自从离开"戴安娜-凯特号"就一直赤裸着上身，而比尔·巴克尔的衣服早就在海岛上被那些土著人拿走了。杰里米的后背上只披着一片破烂的碎布，但他还是毫不犹豫地脱下来，递给了船长。

船长小心地从提灯里倒出一点煤油，浇在衣服上，然后点燃了它。很快，船桨上方燃起一片比灯芯的光芒要大一些的火光。船长把木桨举起来，高高地举着，那神态是那么严肃而充满希望。在火灭下去之前，又有人递上了一件T恤衫，然后普雷布尔夫人把自己的衬裙也递了上去。衬裙的火焰要比前两件T恤衫的大得多，而且，燃烧的时间稍微长一点儿。

借着这些亮光，男人们更加奋力地向着大船划去，他们笑容满面，仿佛胜利的曙光就在眼前。虽然每个人都累到了极点，但他们不敢有一丝懈怠。

"以这个速度追上去，我们怎么也到不了那里。要想方设法让他们先发现我们。"安迪一直不安地待在船头，终于，他说出了自己一直担心的事儿。

的确，大船上的灯光好像离我们更远了一点。怎么办呢？尽管这是大家共同的想法，但没有人敢说出来。而我也明白，如果在天亮之前大船上的人还没有看到我们发出的信号，那我们会陷入怎样悲惨的境地就可想而知了。船长一定是看出了我的心思，因为我听到他说：

"煤油几乎都用光了。现在，我们只好拿出所有的东西，来一次最后的尝试了。"

而男人们几乎都是赤身裸体，与那些土著人没什么两样了。他们面面相觑，实在拿不出什么东西。这时，我听到普雷布尔夫人说："丹尼尔，这是我的软帽和披肩，还有我的另一条衬裙。现在不是关心外表的时候。"菲比也递上了自己的小棉腰带。

船长把这些东西聚拢在一起，我看到当披巾放在普雷布尔夫人两脚之间时，她还不舍地看了它最后一眼，那是普雷布尔夫人最珍贵的一条披肩，也许这条披肩又使她联想起了过往的那些事情。现在，披巾被浸上煤油点燃了，看着火苗飞起来，她没有一句怨言。随后，普

第七章　当神的日子

雷布尔夫人的海狸皮软帽也被点着了。船长和鲁宾高高地举起木桨，希望可以让大船上的人发现火光。

当最后一点火光熄灭后，小船上没有一点声响，大家都沉默着，看着船长把木桨上的黑焦一点一点地扯下来，扔在海里。没有人划桨，没有人吱声，所有人的眼睛都盯着前方大船上的那一点灯光，那个看上去似乎无限远的亮点，对我们而言，意义真的十分重大。

突然，远处那个黑影里的一点亮光旁，又出现了一点亮光，然后更多的亮光来回不停地扫射着。

"他们看见我们了，感谢上帝！"就在大家还没回过神来时，船长突然大喊，"他们在发信号，告诉我们他们正在向我们驶来！"

船长激动得几乎握不住木桨，鲁宾重重地坐在船上，用双手捂住了脸。比尔和杰里米则像普雷布尔夫人和菲比一样哭泣了起来。安迪还是傻愣愣地坐在船头，好像突然失去了反应能力。

噢，上帝呀！如果我能出声，我是会大声欢笑还是大声哭泣呢？

第八章
迷　　失

等待是漫长的，好在如果怀着希望而等待，那么，等待至少是快乐的。

直到天快亮时，我们才终于被大船上的人救了上去。那艘船叫作"金星号"，是一艘贸易船，而不是捕鲸船。这艘货轮主要从事与印度和中国的贸易往来，最近也经历过一次严峻的风暴，船身受到一点损伤，这才使它偏离了正常航线，被迫要到遥远的海港上维修，现在它在靠一支备用龙骨航行。船长是来自我们家乡美国马萨诸塞州的费尔黑文。费尔黑文船长是个善良而且彬彬有礼的人。这是他第一次出海航行。

"船长先生，您知道吗？我们这次航行能够化险为夷，最后安全地来到您的大船上，全靠海蒂呢！"菲比跷起脚，高高地把我举给船长看。对她来讲，我是她的骄傲。

"真的吗，菲比？这里一定有很多的传奇故事吧？"费尔黑文船长微笑着，与菲比聊天。

"是啊，她是个神奇的娃娃，是用花楸木做的。她有很多很多的故事，可是，你看，她现在穿得多简单呀！"菲比有些不太愉快地抚摸着我说，"她甚至连一件完整的衣服都没有。"

"那么，就让我来送给她一件漂亮衣服好啦！"费尔黑文船长像个骑士般地从上衣口袋中抽出一条宽大的红色丝绸手帕，手帕真的很

第八章 迷失

漂亮,上面还绣着锚和绞绳呢。为此每当我在以后的日子里回忆起这件事时,都会对费尔黑文船长满怀感激。

"太好了!海蒂又有漂亮衣服啦!"菲比高兴地跳起来,抓着我去给比尔和安迪看,而完全不顾自己身上还穿着破烂的衣服呢。

船员们看到我们浑身上下几乎没剩下什么衣物,就慷慨地拿出一些衣服来让我们穿。男人们收下了他们送来的T恤衫和裤子,不合身也不要紧。普雷布尔夫人则把两件衣服拼成了一件很怪的衣服,穿在了身上。菲比的衣服是用一块长棉布缝成的,穿在身上就像一条口袋在晃荡。"如果在家里,让我穿这样的衣服,我会哭得背过气去的。"菲比说,但她还是很快乐地穿着这条口袋裙跑来跑去。

虽然大家的衣服都很不合身,但普雷布尔船长许诺说,只要船一靠港,他就会去购买我们需要的衣服,把我们打扮得漂漂亮亮的。我们原以为他是在吹牛,但当他从脖子上摘下挂着的一小袋金子时,我们就完全相信他了。

普雷布尔船长和比尔、鲁宾和杰里米他们几个,常常会聚在一起,闷闷不乐地坐上好几个小时,计算着损失的鲸油,有时也会感到特别沮丧。不过,经历过这么多风险后还能活下来,已经是一个奇迹了。人们都说"大难不死,必有后福",希望未来会有好的事情在等着我们。

贸易船可比捕鲸船干净多了。"金星号"上没有鲸油的气味,船员们也都待人和气,与我们相处得很好,特别是对菲比尤为喜爱。他们把菲比叫作"小宝贝",经常送给她一些小饰品,或者拿出糕点来给她吃。菲比很快就与他们打成了一片,并且天天带着我,把我的那些故事讲给他们听。一次,当他们听说我被乌鸦叼到老松树上并且倒挂了好多天时,不禁伸出手来抚摸了我半天,弄得我怪不好意思的。

我被遗弃在大船上,又神奇地漂到了那个小岛上,更是让他们觉得惊奇。但是,当他们听说我竟然成了普雷布尔船长带领的这个小团队抵抗土著人的"神秘力量"时,不禁对我更加刮目相看了。

"噢!这可真是一个神奇的娃娃!她到底被赋予了什么神秘的魔力呢?为什么每次都能化险为夷?难道真的是因为她是用花楸木制成的吗?"说这话的人,不禁对我上下打量起来,"看上去很普通啊,只是,她的经历可真够传奇的,够写一部惊险小说啦。"

大家都很赞同这句话,争相与我握手,认为我能给他们带来福气。

"金星号"将要在印度的孟买停靠,我们都急着制订自己的购买计划,希望在海上漂流几个月后能够在热闹的港口感受一下沸腾的城市风景。"金星号"船长答应自己的小女儿要送给她一串红色珊瑚珠,菲比也想要一串。普雷布尔船长则一直想给妻子买一条漂亮的羊毛披肩,因为在小船上烧掉的那条总是让妻子念念不忘。靠岸并不是很容易,总是有这样那样的新状况发生,以至于"孟买"这个词,在大家嘴里被多嘀咕了好几天。

那天清晨,眼尖的安迪突然发现了一道细细的黑线,那就是海岸线。这个好消息迅速传遍了全船,不用说,菲比更是带着我在甲板上探望了很久,直到那道黑线越来越粗,后来,变成了可以清楚分辨的一艘艘轮船和林立的大楼,连一根根桅杆都能看得清。终于,船进港了,锚被抛下水。费尔黑文船长笑着说:"我们在这儿停靠一天,大家可以去码头看看印度的风景了。"

港口上除了来自世界各地的轮船,还有一些小船穿梭在其中。那些小船样式奇异,船头往往像一个鸟头,船身上装饰着特别的图案。孟买街头随处可见圆屋顶的房屋和狭窄的街道,许多穿着长袍、包着头巾、迈着方步的男人在街上闲逛。蒙着面纱、穿着纱丽的女人脚步

第八章 迷失

匆匆，只露出两只黑棕色的大眼睛，透出无限的神秘。街上还有一些乞讨的人，甚至还有人不知为什么手脚被绳子捆着，那样子真的让人觉得很恐怖。

在一位懂印度语的船员的带领下，我们很快买到了色彩艳丽的印度绣花棉布和有着奇妙图案的羊毛披肩，以及各式各样的小装饰品。菲比得到了几串银饰和珊瑚，还有用闪亮的贝壳制作的项链。她也为我准备了一小串珊瑚珠项链。我们的向导说，那串珊瑚珠原本是一个印度人的鼻环，但套在我细小的脖子上却非常完美。大家都认为这串红色的珊瑚珠戴在我的脖子上十分惊艳，菲比说如果我再穿上即将做好的印度花绸衣，简直就像一位美丽的女王啦。唉，谁会想到这竟然是我们在一起的最后一天。

几个小时很快过去，满大街新奇有趣的东西，吸引着我们不断地停下来观看，遇到合心意的物品就开始讨价还价。这是一座奇妙的港口城市，它的风情与我们的家乡美国截然不同。悠远的钟声一直回响着，大概那天是个特殊的节日，老虎、大象和白色的圣牛被牵出来巡游。后来，水手们在熟悉的餐馆吃印度餐，有米饭、咖喱和甜品。吃饭的餐馆里，一直有几个服饰怪异的乐手用小鼓和芦笛演奏着节奏特别的音乐。

菲比开始还欣喜若狂地陪着大家到处看，像只灵巧的小猴子，哪儿热闹就往哪儿钻。但很快，她的脚步就越来越慢，拖在地上，半天也走不了一米远。她的眼睛也渐渐地眯缝起来，眼皮慢慢地合上了。两位船长还有很多其他事情要办，普雷布尔夫人需要购买的物品也很多，最后大家只好决定由比尔·巴克尔把菲比送回船上去。

就快要走到码头时，菲比实在走不动了。比尔·巴克尔心疼地把她抱起来，让她依偎在自己的怀里，我则靠在比尔·巴克尔的肩膀上，欣赏到了更多的奇异风景，比如吹着芦笛的耍蛇人，还有沿街叫卖的小贩等。

不好！菲比的眼睛合上了，慢慢地，她的头低低地靠在比尔的身上，香甜地睡着了。我在她的手上摇晃着，比尔大步流星朝前迈，让我摇晃得更猛烈。我的心揪得紧紧的，这不是什么好的征兆。不知为什么，当时我就是有这样一种想法。果然不出所料，没过多久，菲比紧紧握着我的手松开了。

"啪嗒！"我从菲比的手上掉了下来，落在一个陌生的排水沟里。也许是集市太吵闹，比尔·巴克尔压根儿什么也没听到，还是继续向前走着。我多想叫住他，让他把我拉起来，或者绕到他前面，引起他的注意。但是，我只是一个没有什么太多行动能力的木头娃娃，只好无奈地躺在水沟里，听着水滴一滴一滴地落下来。

所有奇异的经历都是这么来的——如果你不曾认真地对待每个时刻。我怎么也没有想到，在经历了那么多风雨之后，我竟然在印度再次被他们不经意地"抛弃"了。

排水沟里厚厚的淤泥散发着难闻的气味，让我几乎喘不过气来。数不清的灰色大脚从我身边走过，甚至有人干脆就踩在我的身上。那一刻，我又听到了悠悠的钟声，回想起刚才看到的装饰艳丽的大象，觉得每个人的一生都是一场永远写不完的戏剧。

新买的珊瑚珠珠圆玉润，那么光滑，颜色也那么美丽。可是，如果能用它换回菲比的拥抱，我该会感到多么庆幸呀！但是，如果你是我，处在那个环境里，也会清楚地知道，那不过是一种美妙的想象罢了。哪怕比尔立刻发现我丢了，现在就来找我，恐怕也绝对想不到我会躺在这样一个排水沟里。

一切都无可挽回，在我经历了海上劫难后，如今的遭遇更让我感

第八章 迷失

到无比凄凉。

  从那以后,我再也没有见到过普雷布尔家的任何一个人。现在想来,不用说普雷布尔船长和夫人,就是当时年幼的菲比,可能也已经不在世上了。因为,已经过去长长的一百年了。但是,"海蒂"这个名字,却由菲比的巧手,用十字绣清清楚楚地绣在了我的内衣上,被不同年代、不同来历的人念出来。有时,这反而让我觉得有一点点悲伤。

  还是先回到孟买和那条排水沟吧。不知道过了多久,就在我在那条排水沟里已经待到忍无可忍时,一双黝黑细长的手把我拾了起来。那双手的主人,是一个包着头巾、身材矮小的老人。包在我身上的红色"绸衣"——费尔黑文船长的红丝绸手帕引起了他的注意。他把我拾起来翻来覆去地看了半天,有一阵儿我都感觉他马上就要把我扔出去了。但很快,他改变了主意,用宽大长袍的袖子把我擦干净,然后带着我蹒跚地走了。

  他回到了家,而那家,只不过是一间小小的、黑暗的小屋。一进门,他就把红色丝绸手帕解开,然后毫不留情地把我扔在硬硬的石头地上,丝毫不顾我的感受。的确,在他眼里,我不过是一个平常的用木头刻成的娃娃,没有什么特别之处,可他哪里知道,我曾经经历过那么多惊险的事儿。天黑了,微弱的月光从有栅栏的窗户射进来。我躺在一个大柳条筐旁边,那个筐被一块布盖着。不知为什么,我总觉得心里很不安。一阵沙沙的声音从筐里传出来,那声音很微弱,不细听根本感觉不到,但如果你长着头发,一定会每一根头发都立起来了,当然我不会,因为我的头发被刻成了一个整体。或者,这就是所谓的第六感吧。

  不一会儿,那个包着头巾的人和另一个包着头巾的人一起走了进来。他们蹲伏在柳条筐旁边，那个印度人从袍子中取出一支雕刻着特别图案的长笛。那长笛是用竹子做成的，但吹起来只能发出一种细若游丝的声音，那声音与筐里的东西发出的声音很相似。果然，筐里开始有了回应，也发出微弱的沙沙声。然后，声音越来越大，盖子在颤动，好像有什么东西要从里面出来一样。慢慢地，筐里的东西随着缓慢的音乐升得越来越高，最后终于顶开了盖子，露出绿豆似的眼睛和柔软的躯体——那是一只有着三角形头部的眼镜蛇！只有竹笛发出的音乐才能控制它的行动。音乐的声音高亢，它就扭动着身子左右摇摆，缓慢地向着那个印度人爬过去。音乐的节奏加快，那条蛇吐出鲜红芯子的速度也随之加快，而且还会加快滑行的速度，身子也提高一些。当音乐停止时，它显然失去了前进的方向，就在半路停下来。我听到它的鳞片轻轻地刮蹭着石头发出的声音，那冰凉的身体慢慢地滑过我的身旁，我甚至能感觉到那种凉意正从我的脚上滑过。

一个人的适应能力的确极强，如果你不得不待在某种环境中的话。没过几天，我就适应了这只可怜又可怕的眼镜蛇发出的沙沙声和它那吐着芯子快速滑动的身影。虽然它依然是可怕的，但如果你能够明白它不过是一只每天都被隐藏在这只筐里只能受那根竹笛指挥的蛇，你就会理解它的苦衷。

我对被迫服务于这个耍蛇的印度人而感到悲哀，但令我稍感安慰的是，我从来没做过任何有辱于我们木头娃娃的事情。耍蛇人常常带着我和蛇去乡下进行表演，而我需要做的就是像一尊塑像般站在旁边。养眼镜蛇不需要太多的物质基础，只要抓些苍蝇和青蛙扔进筐内，就会使"功臣"安静下来。四处奔波是我们的生活常态，即使如此，耍蛇人的生活依然并不富裕，这从他每餐常常只是白饭配咸菜就能感觉出来。在印度做一个耍蛇人并不能挣很多钱，这不过是苦难的

第八章　迷失

下等人进行自我救赎的最常见的方式之一。我确信，如果我也需要吃东西的话，那么那个印度人肯定是不会把我带在身边的。

时间一天天过去，在灰尘和炎热的陪伴下，我每天与眼镜蛇为伍，被放在柳条筐里四处奔波。我以为我这一生就只能这样过下去。一个人即使经历过非常传奇的人生，但在一直看不到希望时，也会变得绝望起来。

终于，在一个太阳就要落山的傍晚，我配合着眼镜蛇进行表演。那是在城郊的一座建筑旁，六孔竹笛响起，眼镜蛇游动着身子，吐着芯子，朝吹笛人缓缓滑去。而我还像往常一样被安放在筐的一旁，还穿着那件无袖衬衫，戴着珊瑚珠，围着我的那条红手帕已变得肮脏不堪。围观的人越来越多，就在这时，我听到了那个我能听懂的熟悉的语言，就像普雷布尔一家人说的那样："快点儿，亲爱的，我们到家要晚了。"

随着那声音，我看到一个男人和一个女人正从旁边走过，他们的面庞是棕色的，衣着很朴素。不知为什么，我非常害怕他们就这样走开，但很显然他们的眼睛被眼镜蛇和它主人的滑稽动作吸引住了，当时我还以为仅止于此了，但突然，那个女人的眼睛死死地盯住了我，然后碰了一下那男人的胳膊说："我相信那肯定不是一个印度娃娃，它与我们家乡的娃娃多么像呀！威廉，你觉得是不是这样？"

"嗯，你说得对。她的确与我们那儿的更像一些，"他赞同地说，"把她作为礼物送给我们女儿小感恩，应该不错。"

"是呀，我也这么想。我们远离家乡，她是那么孤独，连一个陪她玩儿的娃娃都没有。不过，这个娃娃好像很脏。"

"这不算什么问题，只要洗净她就没问题了。我们到这儿，不就是要洗净所有灵魂的罪恶吗？"

第八章 迷失

　　那个男人很快就用印度语讲起价来。开始的时候我真担心那个印度人接受不了他们的报价，但很快，那个印度人就同意了，于是我被交给了那个女士。那个女士没有直接用手接住我，而是用一个手帕把我包起来。

　　"哦，我们终于有了可以跟我们的家乡联系起来的实物了。否则，我真害怕我们的孩子由于一直不能和我们国家的人接触而忘记我们同胞的样子呢。"女士如释重负般地对那个男人说。

　　原来，他们是两位来自美国的传教士，他们来到这个遥远的国度，在这里建造了教堂和学校，使尽可能多的当地人能接受和皈依基督。孩子小感恩就出生在印度，但自从她出生起，就从未回过美国。我的出现，是对这一对传教士夫妻的安慰，这让他们有机会帮助孩子认识祖国。

　　"看到她那张美国面孔，我就想家了。"女人说，她抚摸着我，眼底流露出淡淡的忧郁。

　　"你把她清洗干净就会发现，她长得很像我那在特拉华州的妹妹露丝。"

　　"我想按照我小时候的样子来打扮她，这样，咱们的小感恩就能熟悉长袍以外的服装了。"女人指着我身上绣着的名字说，"你看这儿，这里还有用十字绣绣的名字，这件无袖衬衫还是用真正的细亚麻布做的呢。她叫'海蒂'，多么美好的名字！估计她原来的主人是一位家境良好的小姐。只是我弄不清楚，那个耍蛇人是怎么得到她的呢？这里面一定有个故事。"

　　"这的确是件奇妙的事。今天晚上，我一定要在布道时把这件事讲一讲。"

　　"不，我认为一切都最好等到小感恩过生日时再说出来。而且，我们准备得还不够充分,这个娃娃还没有合适的新衣服,她真的不适合现在就出现在小感恩面前。"

看来,我会出现在那个叫"小感恩"的女孩的生日聚会上,这让我满怀期待。

第九章
第二个小朋友

"亲爱的宝贝,快看看,妈妈送给你什么礼物?"女传教士热情洋溢地把我举起来,给她的女儿小感恩看。

小感恩是他们夫妇在印度传教时生下的女儿,今年四岁了。我第一次见她就是在她四岁生日的聚会上。说是聚会,其实并没有什么外人参加,不过是传教士夫妇再加上一个保姆而已。

"娃娃!快给我!"小感恩伸出手来,把打扮得怪里怪气的我拥抱在怀里,左右端详起来。

女传教士做针线活儿的功夫真的不敢恭维。她给我做的连衣裙就像印度现在时兴的纱丽一样,是长筒形的,但却大得盖住了我的双脚,领口的褶皱也几乎把我的珊瑚珠全部遮住了,而且颜色是黄中带着红丝,艳丽得让人恨不得把自己隐藏起来。而且,那针脚——真的很抱歉,我很想夸奖她为我制作了新衣,但其实,那新衣除印花棉布的质地让人穿上去比较舒服外,其他地方,即使是以我一个没见过什么大世面的娃娃来看,都够俗气的了。

"好漂亮哦!妈妈,你是从哪儿找来的?她看上去并不像一个新娃娃啊。"小感恩说。

"是妈妈买回来的。宝贝,娃娃遭遇了很多磨难,至少我是这么看。所以,她更有福气,或者说,她会给你带来福气的。"女传教士这么宽慰着孩子。

小感恩并没有什么别的意思,诚实地说,她与我的任何一位小主人一样,都拥有美好而快乐的灵魂。但她从小就没有什么玩伴,寂寞时时陪伴着她,所以她的性情并不是很温柔,虽然她也的确不是一个很爱耍脾气的孩子,可是,父母总是不在家,保姆只能顺应着她的任性。时间久了,你知道,她总是与其他的孩子有那么一点区别。

"让我们唱赞美诗吧,祝贺我们家有了新成员。"女传教士建议道,"她叫海蒂,她的衣服上是这么绣的。来,我们为海蒂唱首赞美诗吧。"

从格陵兰冰雪山,
到印度珊瑚岸,
从非洲金色沙漠,
滚滚清泉流过……

优美的赞美诗响起来,我真的觉得心里舒服极了,这首赞美诗唱的不就是我的经历吗?一种难得的安宁感伴随着我,让我觉得特别平静。虽然小感恩并没有像菲比·普雷布尔那样喜欢和关心我,但她对我还算友好,从来没有委屈过我。

在这个家庭里,只是偶尔能收到来自远方的一沓信,或者夫妻俩会为刚刚皈依的当地人施洗。除此之外日子都过得非常平静,甚至可以说有一点沉闷,沉闷到让我有足够的时间回想从前的日子,回忆起我所经历过的那些令人心惊胆战的事儿。

印度的天气十分炎热,当本地的男孩子们赤着脚忙里忙外地做家务或用力地拉着风扇绳以加强通风时,我们就坐在昏暗的屋子里,小感恩的母亲会教她一些简单的读和写,还教她简单的五十以内的加

第九章 第二个小朋友

减法，另外还会给她讲《圣经》上的故事及一些基督教的教义和赞美诗。开始时，我听到赞美诗中的"我们不过是尘土"，觉得很恐慌。难道我不是用上好的花楸木做成的吗？后来，我才渐渐明白，赞美诗里有很多词语都是有着概括意义的，并不像它所表现得那么简单。久而久之，我就习惯了大家唱赞美诗，并且很喜欢那些悠扬的曲调和优美的歌词：

  上帝的恩德，
  纵然广施人间，
  世人仍旧是蒙昧无知，
  反去敬拜偶像。

  这首诗给我留下印象，只是因为它提到了"偶像"一词。要知道，在那座南太平洋的荒岛上，我曾经真正地被一个部落的人敬为神灵，当作偶像供奉着。如果小感恩的父母知道这一点，他们还会不会把我带回家里来呢？

  小感恩的妈妈还教她刺绣，在一块细麻布上绣上了美丽的玫瑰花、雪白的鸽子和一棵垂柳，对了，上面还有一首这样的赞美诗：

  当我们被美丽、欢乐和激情统治，
  愚蠢和时尚就会将我们诱惑。
  哦，别让这些幽灵占据我们的希望，
  让我们活在青春里，别为年龄羞红了脸。

  这个建议并不令人愉快，可小感恩似乎并没有把它放在心上。就

海蒂：木偶百年历险记

第九章 第二个小朋友

这样，我们在一起度过了平静的一年。

小感恩刚刚过完五岁生日后的一天，突然发起高烧来，她满脸涨得通红，小眼闭得紧紧的，有时甚至在昏迷中胡言乱语起来，再也没有了平时的机灵劲儿。她一连昏迷了很多天，传教士夫妇着急了，把自己从祖国带来的各种药品拿出来，尝试着给她吃，但效果都不算太好，她还是高烧不退，昏迷不醒。保姆一直在身边寸步不离地照顾着她，想方设法地挽救女孩的性命，有一天，她悄悄出去请了一位当地的医生。那医生仔细地诊视了大床上的小女孩，用他那细长棕黑的手指摸了摸小感恩的额头，又奇怪地画了几个圈，然后留下一些草药，叮嘱她怎么熬制，就匆匆忙忙地走了。于是保姆就趁女主人不在家时，把偷偷熬好的药端上来，喂小感恩喝。这样，过了几天，不知到底是什么收到了良好的效果，她终于退烧了，而且可以坐起来了，尽管仍然十分虚弱，远不像生病之前那么生机勃勃。

"这儿的气候真的不适合孩子成长，小感恩必须回到咱们家乡去。"传教士夫妇商量了很久，终于下定了决心。他们给住在费城的小感恩的外祖父母写信，恳求他们收留小外孙女，让她到母亲出生和成长的老房子里去生活。事情进行得很顺利，很快，正好有两位已经在印度工作很久的中年传教士要回家，小感恩就被托付给了她们。

经过了一阵临行前的喧闹与忙碌，我们真的要走了。真没想到，那个耍蛇人竟然把我从孟买那个港口城市带离了那么远。我们乘坐着牛车在尘土飞扬的道路上奔波了几天，翻山越岭，又改乘一艘渡船，才终于回到了热闹拥挤的孟买。这熟悉的城市，勾起我很多伤心的回忆，令我不禁心生惆怅。

告别仪式总是令人感伤的，尤其是当小感恩明白自己将有五年见不到父母，而且又是独自踏上旅程时，就不由得号啕大哭起来。她的妈妈也紧紧地搂住她，陪着掉了许多眼泪，爸爸虽然不像妈妈那么感情外露，但也絮絮叨叨地说了很多话："亲爱的女儿，你知道，这儿的气候真的不适合孩子成长，尽管我们会非常想念你，但你必须走。在那儿，你会见到你的外祖父母，有他们照顾你，会比在这儿好很多。"当我们乘坐的这艘"彩虹号"豪华快速帆船慢慢驶离码头时，传教士夫妇目送着我们，潸然泪下。

上了船后，小感恩逐渐恢复了健康，开始调皮捣蛋起来。负责照顾她的两位妇女并不怎么会照顾孩子，只是每天看着她喝点麦片粥，然后是早晚两次念祈祷文。即使再快的船，在太平洋上航行也需要很多天，大洋上炽热的太阳与强烈的海风会使一个人的皮肤发生显著的变化。没过多久，小感恩的小脸就被晒得黝黑，而且还长出了星星点点的雀斑。她现在就像菲比·普雷布尔一样，一天到晚在船上乱跑，那乱蓬蓬的淡黄色的头发随风飞舞着，看上去就像一个没人照料的野孩子。也不知道她都去哪儿玩了，反正没几天，她衬裙上的裙褶就变得破烂不堪了。我想虽然只是几个星期的工夫，但如果传教士夫妇再见到她的话，肯定都已经认不出她来了。

小感恩交了很多船员朋友，只不过这艘船的船长不太喜欢和小朋友交往，而且也不常与旅客聊天儿。而我大多数时间都待在船舱里，和那两个妇女做伴儿。不过，我能看到蓝色的海水，听到船员拉动船帆的号子声和海风吹过船帆的呼呼声，每当这时，逝去的记忆就会清晰地飘过来，让我想起普雷布尔一家。

船飞快地朝着家乡驶去，每天清晨，都会让我觉得离家乡更近一步，尽管我在外面旅行的时间其实远远超过了在家乡待的时间。终于有一天，我们看到了卡罗莱纳州的海岸线，然后我们又在两个码头停泊了一下，运载的货物被卸了下去。这些信息告诉我们，我们已经离

第九章　第二个小朋友

费城很近很近了。

我对费城的记忆开始于那天清晨,当我们一睁开眼睛,就被欢呼的声响裹挟着。"到费城了!快准备下船!"船上到处是涌动的人群,人们把早已经打好的包裹或背在身上,或提在手中,然后一个接一个地走下船去。船上装载了足有近千人,光看下船的人走了一个多小时就可以知道了。

小感恩的外公兴高采烈地来迎接她了。那是一位慈祥的金发蓝眼的老人,气质优雅。虽然他第一眼看到外孙女时眼睛瞪得大大的,一副不可置信的样子,但他还是稳重地向两位带小感恩回家的传道士道了谢。

我们乘坐着一对棕色骏马拉的马车穿过费城街头,马蹄敲击在坚硬的路面上,发出清脆的声响。天气好得出奇,阳光明媚,路边的树木冒出了嫩黄的新芽。街道两旁的商铺刚拉起百叶窗,准备开始一天的生意。教堂的尖顶上有着镀金的风向标,此时正静静地立在那儿,证明现在一丝风也没有。空气中弥漫着淡淡的泥土的清香,这与印度那仿佛被烧焦了的炙热感觉完全不同,是那么清爽宜人。啊!我终于回到久别的家乡了。在经历过那些艰险的事情之后,我发觉平静而美丽的家乡才是我一直以来最思念的。从这个角度来说,我是多么感谢那一对送我回家乡的传教士夫妇啊!

几乎每一家门外都有一位年轻的女仆在清洗台阶,或者擦拭着大门的铜把手。马车停在了一座白色的房屋前,我和小感恩很快就成了这栋房子里的焦点。房子坐落在基督信徒街,所以,小感恩的父母能从事传教事业,就没什么可奇怪的了。房子不是很宽敞,但装饰得很精心,客厅的顶上吊挂着精致的水晶灯,所有的家具都很漂亮,而且经过精心的保养,看样子从来没有小孩子搞过破坏活动。一位头发花白、面颊粉红的蓝眼睛老妇人，身穿黑色的纱衣，伸出手来欢迎小感恩。她就是小感恩的外祖母。

"哦，亲爱的孩子！一路上你可没少吃苦吧？"说着，她用手摩挲着小感恩身上那已经不太完整的衣裙，眼睛里满含泪水。虽然从未见过面，但血缘是割不断的纽带，这让她觉得小感恩的这身装扮格外不入眼，心疼得要命。

"可怜的孩子！你到底遭遇过什么样的罪啊？"她边用那双布满皱纹的手帮小感恩脱衣服，安排她去洗个撒满玫瑰花瓣的热水澡，边这样叹息着。

"唉！看吧，跟我说的一样，印度真的不是一个养孩子的好地方。"她向丈夫说，"瞧，比我预想的还要糟糕得多。这个可怜的孩子竟然连一件像样的衣服都没有，一想到这儿，我就心疼得要命。"

"好了，别伤心了。我们明天就去买面料，给小感恩做上几身最时尚、最漂亮的衣服。我们让裁缝用最快的速度为孩子做，怎么样，女士？"

"不，要买现成的，至少马上要有一套。我想让她参加明天普赖斯家的聚会。她还至少需要一条玫瑰花腰带和一双轻便鞋。"外祖母毫不迟疑地说。

轻便鞋买回来了，是上好的摩洛哥羊皮制的，在踝关节处还用粉色的缎带系成蝴蝶结。新腰带也很漂亮，使原本拖沓的印度长裙显得很有腰身。小感恩洗完澡后，她那头淡黄色的头发被梳得光滑整齐，再佩戴上她妈妈儿时戴过的蓝色珐琅盒式吊坠，至少能够让人感受到她的可爱，虽然这离她外祖母的标准还差得很远。没有人关注到我，只有小感恩把自己那一小块剪下的腰带围在了我的身上，当作围巾，还尽量把我的珊瑚珠露了出来。

第九章 第二个小朋友

普赖斯家离小感恩的外祖母家没隔几栋房子。那天,一位身材高大的女主人热情地接待了我们。他们的家很大,房间里都是穿着蓬蓬裙、系着漂亮腰带的小女孩,她们身上各种颜色的蕾丝花边和闪亮卷曲的头发,使她们看上去就像一群亮丽的热带蝴蝶。在大人面前,每个小女孩都优雅迷人地笑着,但当大人们离开后,屋子里立刻变得不再那么理性。她们开始围着我和小感恩品头论足,脸上露出嘲讽的笑容。我对她们的表现感到震惊,真的,从那以后我开始对人类的天性有了怀疑。

"这是谁呀?瞧她那身古怪的衣服!"有人拉长了声调这样说。

"听说她刚从印度回来。"

"难怪她打扮得这么奇怪。哈哈!太可笑了,简直像怪兽一样可怕。"

"如果印度人都打扮成这样,我以后永远都不想去印度玩。"一位穿着绉纱裙的小姐竟然如此无礼。

"喂,你的脸上怎么有这么多斑点?一点也不漂亮。"有个女孩这样批评着。

我真替小感恩感到难过,如果我能替代她该多好啊!终于有人注意到我了,开始批评我是个"又老又丑"的东西。但这时我却放心了,因为这样就可以帮助小感恩转移别人的视线。"至少我能帮帮她,"我想,"等我们回到家,她一定会感激我的。"

即使现在回想起那些孩子说我的坏话,也会深深地刺痛我,如果我不是一个内心坚强而坚持自我的娃娃,我想我很难熬过那半个小时的批评。特别是其中的一个女孩竟然说我像一个刚从垃圾堆里捡来的小猫,身上的颜色那么奇怪,衣服也是又脏又旧。这话伤我最深,也最令我感到委屈,她怎么可能知道我在太平洋上、在火海中、在那个热带小岛上所经历的事情呢?经历过那么多惊险的事儿,身上怎么可能会不留下痕迹呢?

那些女孩开始拿出自己的娃娃。那些娃娃中有精致美丽的瓷娃娃,皮肤细腻光滑得像丝绸一样;有蜡美人,她有真正的头发,还有漂亮的玻璃眼睛。每个娃娃站在我旁边,都像公主一样高贵,因为我是其中唯一一个装扮朴素的木头娃娃。可是她们都没有珊瑚珠,但没有人注意到这一点,连小感恩也只是想着尽快把我带离大家的视线。

终于,孩子们都被召唤到餐厅用餐了,我们这些娃娃就被她们的小主人乱纷纷地放在靠近火炉的大沙发上。我发现我的身边是一位头发金黄、眼窝塌陷的蜡美人,另一边是一个美丽的瓷娃娃。虽然她们什么也没说,但从她们的眼睛里,我能感受到那份不屑。

啊!难道美丽真的比什么都重要吗?不,肯定不会是这样的。

就在那一刻,我在心里暗暗下了决心,以后无论做什么事情,我都要尽力做到最好,好让小感恩为我感到骄傲。可是我却完全没有想到此刻正坐在长餐桌旁的小感恩心里在盘算着什么,接下来发生的事情是我整个故事中最令人难以置信的,现在我把它讲出来时心里仍然会感到无比痛苦,但我却不得不说。

餐厅里,过生日的小主人公正双手合十闭着眼睛默默地祈祷,其他的女孩子则围在她身边准备吹熄蜡烛,这时小感恩却悄悄地从房间里溜了出来,来到了堆放娃娃的沙发旁边。她要做什么呢?令我万万没有想到的是,在我还没有明白发生了什么之前,她竟然把我迅速拿起,然后狠狠地塞到了沙发垫和靠背之间的缝隙里。那个缝隙是那么狭小,她用力又那么猛,以至于我差点窒息得昏死过去。

还有比这更令人绝望和羞愧的吗?还有什么比这种侮辱更让我觉得难堪吗?说真的,我从未如此绝望过。

第九章 第二个小朋友

当你意识到你所爱的人其实是以你为耻的,这是一件多么痛苦的事情。我想,在我的一生中,再也没有比当时的恍然大悟更令我感到难过的了。即便后来大家都取回自己的娃娃时,那个蜡美人因为离火太近而熔化了一些,也没有让我觉得有一丝一毫的安慰。

第十章
我获救了

"尊严有时一文不值，"我在沙发垫与靠背的缝隙里感叹着，"对于我们这些无法保持自己肤色的人来说，这真是一个艰难的世界。"那个姿势真的很难受，我的腿脚被迫向上跷起来，贴着我的肚子。然而，比起我心灵上所受到的打击，这点难受什么都不算。

生日聚会过去后，我以为会有仆人来打扫卫生，然后就能发现我。但是，我错了。没多久沙发连同我就被两个笨手笨脚的男人抬了起来，送到了阁楼上，听说是要给新运来的红木织锦沙发腾地方。这真是个令人沮丧的坏消息！

我被放在空荡荡的阁楼里，那儿只有飞蛾和偶尔来串门的老鼠。我以为，我就要成为这个空间里最老的"主人"，不知哪年哪月才能重见天日。那一刻，我想到了可怜的小感恩，是的，在我心中，她是那么可怜，可怜到连自己的娃娃都要背弃。她肯定已经把我不见了的事情向外祖父母解释清楚了，而且，她善良的外祖父母肯定又为她买了新的漂亮的穿着蓬蓬裙的娃娃，或者那会让她特别开心。刚受到一点批评就将我抛弃了，这让我觉得小感恩的妈妈费尽心力教她的那些赞美诗和那些宗教教义，好像根本没有起到一点作用。

那一天终于来到了，我是指我被解救出来的那一天。

那是个暴雨天，狂风怒吼着，雨点毫不吝惜地砸在锡屋顶上，噼噼啪啪乱响。有一群小朋友拥上阁楼，有男孩，也有女孩。他们挤在沙发上，商量着玩什么有趣的游戏。有一个小朋友建议说："咱们在沙发上玩小火车吧。"

那时候我还不知道什么是火车，后来当我再次融入外面的世界后我才知道，火车已经在各个地方取代了公共马车。孩子们假装蒸汽机发出轰鸣声，然后就在沙发上又蹦又跳。他们笑啊，叫啊，激动得不知怎么才好。他们的小脚不时蹭到沙发把手和架子，当然也会偶尔蹦到我的身子上。幸亏这个沙发架子够结实，估计也是用花楸木制成的吧？我想。

"这儿怎么这么硌人？"突然，一双小手从沙发缝隙里伸进来，用力把我拽了出来。"咦？是个木娃娃。她是怎么掉进沙发缝隙里的呢？"这些小朋友疑惑地互相看着，都很奇怪。他们都没有参加过小感恩参加的那个生日聚会，而当年过生日的那个小主人，如今已经长大嫁人，移居到堪萨斯州了。于是，克拉丽莎·普莱斯成了我的新主人。她是一位不太爱笑的、长着棕色头发的小女孩，当然，她比菲比和小感恩都大。因为，没过多久，我就陪着她度过了十岁生日。

克拉丽莎·普莱斯不太活泼，不怎么喜欢蹦蹦跳跳，灰色的眼睛看上去总是很严肃。但是，她的那双手真柔软啊，而且那么灵巧，做起针线活儿来是那么灵活！从她看到我那天起，她就打算把我打扮得像公主一样漂亮，所以，她一有空就给我缝制新衣服。

"海蒂？你叫海蒂？看来，你一定很受家人喜欢。"克拉丽莎·普莱斯抚摸着菲比绣在我身上的名字，"你还佩戴着珊瑚珠呢。"

我喜欢听到她称我为"你"，这说明，我真正成了普莱斯家中的一员。克拉丽莎的妈妈不喜欢任何装饰，她并不觉得一个娃娃戴珊瑚珠是一件多么光荣的事儿。可是，克拉丽莎·普莱斯却觉得我戴珊瑚珠很漂亮，妈妈也就没再强调摘下它，但要求克拉丽莎不能老盯着珊

第十章 我获救了

瑚珠。这个不难，克拉丽莎·普莱斯做针线活儿时，只要偶尔抬头看一眼它，知道它还在就够了。

星期天，我换上了浅灰色的丝绸衣裙，前面还有着洁白的三角形披肩，头上戴着素色的细麻布帽。"她看上去真的很漂亮，就像我们普莱斯家人一样。"克拉丽莎·普莱斯跟妈妈说。

"是啊！感觉真的很棒。"妈妈说，"我希望她能够被圣灵感化，虽然你不能带她去那儿。"娃娃是不能被带到教堂去的，看来不只是菲比，克拉丽莎也必须执行这一规定。

克拉丽莎和姐姐露丝经常带我去街上闲逛，她们会观赏橱窗里摆放的膨大得吓人的裙子，那腰肢是那么纤细，不知道穿的人会不会窒息到喘不上气来。露丝已经十八岁了，她长着黑珍珠似的眼睛和黑缎似的头发，红润的脸蛋是那么嫩，好像手一碰就会流出水来。可是，她一直被要求穿得很朴素，就像她的妈妈一样，不佩戴任何首饰，哪怕只是一枚小小的胸针。"哦！我多么希望我不是出生在一个贵格派教徒家中！"露丝感叹着。

露丝非常善良，平时她就收集丝绸和棉布的碎布头，帮助克拉丽莎为我缝衣服。除了那套星期天穿的衣服，我还有一套浅黄色的印花布上绣着棕色嫩枝的衣裙，平时我就穿那套。

"我们给这个木头娃娃搭建一间小房子吧？"有一天，露丝建议道。这个提议得到大家的赞成。她们在阁楼上找到了一个小木盒，并且用有颜色的纸把四面糊得很漂亮。克拉丽莎找到了一个更小的小盒给我当小凳，而一位来家里玩儿的表姐为我买了一张小小的桌子。这样，我就可以坐着小凳趴在桌子上学习了。克拉丽莎为我裁了一沓邮票大小的白纸，她的哥哥威尔用邻居家鹦鹉的羽毛为我制了一支羽毛笔。羽毛笔是那种绿色中带有一点深红色的，一开始我以为普莱斯太太一定会认为太过艳丽,但当她知道那只鹦鹉天生就是这个颜色后,并没有表示反对。"自然不需要改进。"她这样说道。这不禁让我觉得很好奇,不知道她会如何看待海岛上那个部落里的人呢。

这样,我的文房四宝基本上都准备全了。后来我还得到了一块不大不小的地毯和一只恰好能放在上面的小瓷狗。无休止的灾难终于停止了,现在我觉得自己是世界上最幸福的娃娃。我得到了大家的宠爱,并且自己还拥有了一个小宠物。就是在这儿,我才有了勤奋学习的机会,才能够在现在写下这本回忆录。

现在有那么多的人迷恋明星,其实这并不算什么,因为在一百年前,追星就是一件很普通的事了。事情要从年轻而有名气的演唱家阿德琳娜·帕蒂说起。

那一阵子,费城的大街小巷似乎到处都张贴着她的海报,虽然她才十九岁,但显然,她似乎比国王更受欢迎。我和克拉丽莎去学校学习时,常常听到同学们讲关于阿德琳娜·帕蒂的故事。有人说她的嗓子像百灵鸟一样婉转动听,甚至能发出鸟儿一样的啁啾的颤音,达到别人唱不到的高音区。年轻有为的阿德琳娜·帕蒂是纽约冉冉升起的新星,她引起的轰动,比地震还要猛烈。现在,到处都有人在谈论她,说这是她在远渡欧洲为那些国王和王后们表演前举办的唯一一场演唱会。

露丝很想参加演唱会,想亲耳聆听阿德琳娜·帕蒂的演唱,她郑重地向母亲提出申请,但遭到了坚定的拒绝。"什么?你要去听演唱会?那是绝对不可能的!"普莱斯太太毫不迟疑地否定了露丝的申请,"票那么贵,简直是奢侈。再说,人的价值不应该由奢华的事物决定,我们应该过自律而有意义的生活。"

克拉丽莎·普莱斯虽然年幼,但她很清楚母亲是怎样的人,所

第十章 我获救了

以她压根儿就不会向妈妈提出这样的要求，她有自己的策略。克拉丽莎·普莱斯时刻都在关注着年轻歌手的消息，还从报纸上剪下有关新闻贴在我住的小屋的墙上。

音乐会即将举行的那天早上，整座费城似乎都沉浸在节日的欢欣气氛中。大街上到处是穿戴华丽的女人和男人，他们在为晚上的音乐会购买必要的礼服，甚至是一个小发卡——一切都要达到最完美、最高贵，以配得上欣赏阿德琳娜·帕蒂的演唱。学校里也不安静，克拉丽莎带我来到学校，我被放进书桌里，什么都听不到。但不远处，有几个女孩在窃窃私语，其中有三个女孩已经确定要去听音乐会，她们的头发已经用卷发纸卷了起来，好在晚会上能够露出波浪式的发卷。课间休息，甚至在上课时，都有人在喋喋不休地谈论着这件事。

放学的路上，一个男孩子和我们一起走，他走在克拉丽莎旁边，帮她拿着书本。他叫保罗·施耐德，是德国后裔，长着一张圆脸，家里开了一间面包坊，学校里总有一些女孩取笑他衣服破旧，还说他说起话来有着怪异的外国味儿。

"你想听阿德琳娜·帕蒂的演唱吗？我可以带你去。"保罗问克拉丽莎。

"怎么去？票那么贵，妈妈绝对不会掏腰包的。"克拉丽莎无精打采地边走边踢着一块小石头，"我可没钱买票，我想你也不会有钱吧？"

"我是买不起票。但是，我有个办法可以带你去听演唱会。"保罗·施耐德一本正经地说。

听他说得那么认真，克拉丽莎抬起头，紧盯着保罗的眼睛问："你说的是真的吗？你有什么办法？"

"哦，这没什么大不了的。我有个叔叔在音乐厅里吹长笛，他可以带我从工作人员的通道进去。我经常那么干。"

第十章 我获救了

这个计划是那么诱人，克拉丽莎激动得浑身都颤抖起来。对于一向乖巧的孩子而言，这个出人意料的计划，除了可以达到欣赏阿德琳娜·帕蒂演唱会的目的外，它本身还是一次冒险，一次超越某种权威和习惯的冒险。

这天晚上，普莱斯先生和夫人要去亲戚家赴宴。在他们走之前，克拉丽莎要先回到房间里装作已经睡着了，等他们走后，再到街角去找保罗·施耐德和他的叔叔。下午，我一直凝视着阿德琳娜·帕蒂的海报，我实在弄不懂为什么会有那么多人为她而疯狂。是的，疯狂！

晚饭后，克拉丽莎目送父母离开家后，激动得脸色绯红。她急着帮我脱下印花布外套，换上了那套丝绸的衣服，还把我的珊瑚珠也取了下来。露丝一直在催促弟弟和妹妹们早些休息，虽然她压根儿没有可能去参加音乐会，可她决定到别的地方去寻找些快乐。"克拉丽莎，你九点前必须睡觉。衣服一定要叠好，放在椅子上。听到了吗？"一直忙着打扮自己的露丝涂好口红后也走了。

克拉丽莎在她走后，立刻飞快地从衣柜里拿出自己的灰色羊毛裙，迅速地套在身上，然后，又穿上灰色的便鞋，她看上去素洁而优雅。克拉丽莎站在镜子前左右转了几圈，想了想，又冲进姐姐露丝的房间里，找出一条蓝色的丝绸腰带扎上。这样，她简直就像一个美丽的天使了。最后，穿戴整齐的克拉丽莎披上斗篷从边门悄悄溜了出去。没有人发现我们已经悄无声息地从家里消失了。

那是个寒冷的深秋之夜，点灯人早已巡逻过很多遍。街灯高高地悬挂在灯柱上，像个幽灵般四处探望着，渴望有新的发现。保罗和他的叔叔汉斯已经在下一个街口等了一会儿了。保罗围上了父亲的格子围巾，汉斯叔叔很胖，穿上厚厚的大衣后就显得更胖了，他还小心地夹着一个盒子，听说那里装着他的长笛。保罗和克拉丽莎手牵着手，匆匆地走在汉斯叔叔旁边，汉斯叔叔一直催促着他们走得再快一点儿，因为如果乐手们都到齐了，两个孩子就很难再进去了。

很快他们就来到了一条停满各式马车的大街上，那里灯光璀璨，几扇大门前人头攒动，那儿就是举行演唱会的音乐厅。距离开场还有一个小时，但音乐厅的门口已经围得水泄不通了。"拉着我的衣角，孩子们。千万别走散了！"汉斯叔叔带我们来到一条走廊的小门旁，这儿也是挤得要命。他用德语和门前的人打招呼，他们身上都带着笨重的乐器，有一个身背低音提琴的人几乎把整个通道都挡住了。但我们总算挤了过去，站在了一个被他们称为侧翼的地方，那里是舞台的一角。汉斯叔叔跟一个看上去像是负责人的人说了半天，然后那人向我们点了点头，对保罗和克拉丽莎说："没事儿，今天晚上，我会照顾好你们俩的。"

舞台是在帷幕外面，现在我看不到舞台。此刻乐手们已经把乐器全都拿了出来，有的在翻看乐谱，然后轻声谈论着什么，有的在调音。乐器可真多啊，有小提琴，有单簧管，当然还有长笛。汉斯叔叔已经把笛子接好了，正放在唇边调试着。保罗不停地向克拉丽莎介绍那些演奏的乐师都有谁，但声音太嘈杂，我什么也听不到。奥雷，就是那个答应照顾我们的人，坚持站在我们身旁，说一定要照顾好我们。"今天人真多，自从大厅建好以来，我还是头一次看到有这么多人来听演唱会。"他说。

时间终于到了。奥雷用力拉动幕布旁的绳子，帷幕缓缓升起来，耀眼的灯光顿时照亮了整个舞台，枝形吊灯的水晶球折射出霓虹的色彩，映在大厅里的成百上千张面孔上，看上去就像六月里的一片广阔的雏菊地。二层楼上也坐满了人，大家衣服抖动的沙沙声，窃窃私语的交谈声，和小孩子偶尔发出的尖叫声融合在一起，形成一股热浪，

第十章　我获救了

闹哄哄地扑面而来。克拉丽莎和保罗都吵着太热了，他俩分别脱下了斗篷和披肩，奥雷把它们放在一张高脚凳上，又把克拉丽莎抱上去。克拉丽莎手里一直紧紧地抱着我。"噢，简直太不可思议了！"克拉丽莎对保罗说，"如果不是你，我是无法看到这样美不胜收的场面的。"

突然，清亮的音乐声缓缓响起，开始声音还有些微小，没有人注意到，但慢慢地，大厅开始安静下来，演唱会就要开始了。这时，从我的角度恰好能够看到一个身穿精致小礼服的女孩子走出了化妆室，她有些瘦小，眼睛黑黑的。周围等待着的观众立刻把她围得水泄不通，一个穿着黑礼服、脖子上挂着粗粗的金项链的男人，不得不帮她通开一条路，才让她顺利地走上舞台，站在乐手们中间的平台上。当她往平台上一站，观众席上立刻爆发出雷鸣般的掌声，观众们疯狂地表达着他们的热爱。

"阿德琳娜！""阿德琳娜！"观众台上响起有节奏的呼喊声，这气氛简直炽热得烫人，如果拿根蜡烛来，备不住也会立刻熔化。一些观众开始向她站的地方扔玫瑰花，阿德琳娜·帕蒂平静地俯身捡起来，甜甜地微笑着，仿佛置身于观众的注视之外。然后她开始演唱了。音乐像流水一样滑动着，让人的心灵都跟着震颤。当她唱完第一段歌曲，一位德裔老女人捂着脸颤抖着说："她简直就是一只可爱的小鸽子，是来到人间的天使。"但在我听来，她更像一只百灵鸟或一只画眉鸟，我能听到鸟儿嘀哩嘀哩的叫声，还能听到各种各样的颤音，甚至我还听到了鸟儿扑扇翅膀的声音。总之，歌曲里有太多丰富的含义，让所有人都能从中找到所需要的感受。

更多的人向平台扔来玫瑰花，阿德琳娜·帕蒂已经来不及捡拾。应观众的要求，她又加唱了好几曲，最后，乐队都不得不停了下来，因为观众们欢呼着，鼓着掌，像潮水一样向她围拢过来，离她越来越近了，已经挤到了平台边。她一直在微笑着鞠躬致意，表达着自己真诚的谢意。

克拉丽莎不知什么时候也从高凳上下来了，她紧紧地跟着保罗，双颊绯红，眼睛亮亮的，完全不像平常那个文静温柔的她。我们随着人流往前移动着，不知怎么的，我们突然发现自己已经站在歌手站的平台旁边了，旁边是闪闪发光的各种乐器。紧接着，我发现我们也站在了平台上！而且只有我和克拉丽莎两个人。我想，一定是哪个乐手把克拉丽莎抱上了平台，放在了歌手旁边。现在我们能非常清楚地看到阿德琳娜·帕蒂，她跟我们在海报上看到的一样，眼睛像雨后的黑莓一样闪闪发亮，满头黑发，彩色的缎带编进头发里，非常精致。她微笑着朝克拉丽莎伸出手去，"亲爱的小朋友，欢迎你来听我的演唱会！"她说。克拉丽莎可能因为突然站在众人面前给吓住了，一时间不知道用哪只手来握住阿德琳娜·帕蒂递来的手，但很快她把我移到另外一只手里，然后伸出手来。

"我，我……我喜欢你！"克拉丽莎磕磕巴巴地说，满脸涨得通红，完全不知道自己在干什么。

阿德琳娜·帕蒂甜甜地笑了，轻轻地吻了一下克拉丽莎的额角。

很快有人把阿德琳娜·帕蒂从人群的包围中带走了，拥挤的人群尾随在她身后，渴望再次一睹她的芳容。没有人给克拉丽莎留下一点转身的余地，在这个时候，不要妄想有人会想到你。我们被许多女人给围住了，那么多庞大的身躯挤过来，简直让人无法呼吸。我发现克拉丽莎的脸色已经没有那么红润，而是开始变得苍白，而我也几次差点儿从她的手上滑下来。好在一直在寻找我们的奥雷及时发现了我们，赶紧把我们从人群中抱了出来。"当人们失去理智的时候，是不

第十章　我获救了

会有人关心小朋友的安全的，大家都只想着自己。"奥雷叹息着说。这时有人喊道帕蒂要出去乘坐四轮马车，人群就又向外面蜂拥而去了。

克拉丽莎的斗篷和保罗的围巾都找不到了，汉斯叔叔只好用一条大的羊毛围巾把克拉丽莎紧紧地包住，送她回家。在街角停下时，克拉丽莎用颤抖的声音轻声道了谢，坚持着自己走回家。"哦，我想你们会永远记住帕蒂的这场音乐会的。"汉斯叔叔在告别时对我们说。

当克拉丽莎精疲力尽地回到家门口时，她的爸爸妈妈正焦急地站在台阶上等待着她。说来也巧，他们和朋友吃过晚餐后，也去了演唱会现场。当他们看到站在舞台正中的是自己的孩子克拉丽莎时，简直是大惊失色。但他们顾不得想孩子为什么会出现在这里，就本能地想穿越人群去找她，但人太多了，压根儿没有人能够穿过拥挤的人群走到舞台跟前。

第二天一早，有份报纸上登出了一张克拉丽莎的照片，说一位年纪幼小的"贵格派少女"也是演唱会上精彩的一幕。

"我哪里知道克拉丽莎会站在灯光下，还会和大家心目中的明星握手。这简直让人无法想象。"普莱斯夫人说，"虽然我们很想把她接回家，但当时根本动不了。"

"如果我的女儿站在那儿，哼，我可不会太留情面的。"说这话的是普莱斯家的邻居，一个性格古怪的寡妇。"哪有这么小的女孩就去那种场合的？简直是有伤风化。"

虽然普莱斯夫人明白她说的是什么，但她还是不停地安慰着克拉丽莎，没敢责罚她。因为已经过去好几天了，可克拉丽莎还没从惊吓中恢复过来，经常在睡梦中惊叫着醒来。

第十一章
照相和诗人

达盖尔银版法是当时很时髦的一项照相技术。这种照相技术是在照相机下放上玻璃底版,拍完后再在版子上适当填上颜色,然后放在带有红色金丝绒里衬和金箔镶边的小肖像盒中。我特别喜欢这种照相技术,直到现在仍然对它有种特殊的爱。

姐姐露丝在她满十八岁生日那天,照了一张珍贵的银版相片。她穿上了自己最漂亮的淡蓝色蓬蓬裙,系上玫瑰花图案的蓝丝绸腰带,波浪卷的金发上还戴着一个银色的发箍。她端坐在照相机的镜头前,"看镜头,美丽的小姐!请看镜头,甜甜地笑一下。对了,就要这样的表情。"照相师把头钻进黑黑的幕布中,然后鼓捣了一会儿说。相片并不能立刻拿到手,听说,还要在底版上上色。

这一切并没有让克拉丽莎很羡慕,因为通常情况下,她要等到十八岁才能有同样的待遇。而十八岁对她而言,至少还要六七年呢。不过,爷爷坚称克拉丽莎也应该同样照一张。他从身上拿出一个小肖像盒,那里有一张照片,会让人误以为就是克拉丽莎的脸。据说,这是爷爷的一个已去世多年的小妹妹的照片,她与克拉丽莎的名字完全相同。

"一定要让克拉丽莎照一张相!她让我想起我的小克拉丽莎。"爷爷不停地唠叨着,"今年,克拉丽莎与她照相时的年龄一般大。"

爷爷的建议被无条件采纳,很快我们就去照相馆照相了。那天,克拉丽莎换上了她最漂亮的衣服——一件棕色开司米毛衣(原来那件

第十一章　照相和诗人

灰色羊毛裙在帕蒂的演唱会后就再也没有恢复到原样），她还让我也穿上了最漂亮的丝绸衣裙，又帮我把珊瑚珠戴好。

　　为了能向我们展示他的技术有多么高超，照出来的相片有多么美丽，照相师不停地打开他已经拍好的样片盒子让我们欣赏。克拉丽莎喜欢静静地坐着，照张相片对她而言是最容易的工作。她整理好衣服，就端坐在相机前，等待着照相师的指令。对了，我被她斜着抱在胸前，每丝头发都被画得乌黑，灰色的丝绸衣服与细麻布内衣都整理得挺括而流畅，领口还露出了小珊瑚珠。

　　"看这边，小姐。对了，您朝我看，睁着您美丽的大眼睛。别急，还要再弄弄您的头发。"钻进相机黑幕里的照相师说着，又探出头，走到克拉丽莎身旁，帮她整理了一绺不太听话的卷发。

　　"安静！不要眨眼！"照相师说。这个要求对我们俩来说，都不是难事。克拉丽莎一手放在红金丝绒的桌布上，另一只手紧紧地抱着我。

　　"千万别把我孙女的眼睛形状画错了，也别涂粉过重，以免脸白得吓人，要嫩粉色。"爷爷不停地嘱咐着。

　　过了几天，揭晓真相的时刻来到了，但当我们看到照片时，全都傻了眼。"为什么没有海蒂？为什么？"克拉丽莎睁大了双眼，恼怒地说，"我不要这张照片。""抱歉，小姐，我不知道您是一定要让娃娃也照在上面的。是我的错，您千万别再生气了。"照相师觉得很抱歉，他不停地交叉着两只手，想不出什么更好的办法来。

　　大家讨论了半天，有人建议克拉丽莎抱着我再照一张。不过，大家看到照好的那张照片已经很完美了，就觉得这个建议并不是很好。

　　"哦，有了。我专门给这位娃娃小姐照一张银版照片，送给你们。你们觉得这个主意怎么样？"照相师踌躇了半天，想出一个折中的办法。

"太好了！那海蒂就像我一样，可以独自拥有一张自己的银版照片啦。"克拉丽莎首先开心地拍起手来，然后她立刻把我放在凳子上，开始为我整理衣裙。

那个时候，银版照相技术特别珍贵，不是所有人都能照得起的。而给一位娃娃照相更是一件奢侈的事情。所以，我是一个多么有福气的幸运儿，你就可想而知了。

照相师拿出一个插着玫瑰花的小白花瓶，又找到两个青色和黄色的浆果，摆放在我身旁。我立刻觉得自己变得格外高贵美丽起来。

"总体来看，颜色很明丽，与她那黝黑的皮肤很配，会照得很漂亮的。"站在三角架后的照相师突然问了一句，"请问，她怎么称呼？"

"她叫海蒂！前两天她还跟着我参加了阿德琳娜·帕蒂的演唱会呢。有张报纸上就有我抱着她和阿德琳娜·帕蒂握手的照片。先生，你不知道，那天人可真多呀！我们差一点就被人流给分开了。"克拉丽莎立刻活泼起来，叽叽喳喳地说。对她来讲，那次经历是一次绝妙的冒险，无论什么时候她都不会忘记的。

"那真是一个奇妙的故事！"照相师赞同地说，"看得出来，她一定经历过很多事。这是一个有性格、有故事的娃娃。我一定要拍出她的特点来！"

接着，他把一张底版塞进黑布里，自己也把头伸进去。"现在，海蒂小姐，请不要眨眼睛。对了，就是这样，保持微笑。您真的是我最好的客人。"照相师可真逗，难道他不认为这是我最容易做到的事情吗？因为我根本不会眨眼。"明天下午，这张照片将和其他照片一起送到府上。"照相师再三保证着。

第十一章 照相和诗人

第二天晚上，爷爷带着照片来了。他一直笑呵呵的，看来，照相师的技术实在让他十分满意。大家传看着每张照片的小盒子，等到克拉丽莎终于能够小心地把我的照片拿给我看时，我觉得自己已经心急得快要死去了。

噢！那真是一张美丽的照片：相片被做成了镶着银边的椭圆形，看上去很精致。我那有着浅黄色花枝图案的裙子被摆成扇形，就像一位真正的公主，而我脸上的表情，仍然如同当年在缅因州时那个沿街叫卖的小贩刚给我涂上时那般愉快。更令我欣喜的是，照相师还把花瓶里的玫瑰花涂成了粉红色，浆果一个涂成了青绿色，一个涂成了淡黄色，这样衬得我的珊瑚珠更加圆润而美丽了。

这是我吗？我简直不敢相信这个奇迹。

银版相片很久以前就已经成为人们争相收藏的收藏品。遗憾的是，我压根不知道自己的这张照片流落到了哪里，成了谁的收藏品。要知道，那时的银版相片是极其难得的，而娃娃照片，估计全世界只有我的这一张。

没过多久，又发生了一件令人兴奋的事。那就是诗人惠蒂尔先生的来访。

惠蒂尔先生的名字经常出现在普莱斯家，这不仅因为他经常会来家里，还因为他是当时一个非常著名的贵格派教徒，还是一位不折不扣的反对奴隶制的倡导者，不久他就要在一次大型聚会上朗诵一首关于反对奴隶制的诗。

"这本《汤姆叔叔的小屋》里讲的故事真的是太让人心酸了。孩子们，一方面我庆幸你们没有出生在奴隶家庭，同时，我也为自己的这个想法而感到羞耻。"普莱斯夫人在读到汤姆叔叔因为不肯鞭打同伴而反被主人鞭打时，心情非常难过，她不高兴地说，"真没想到，世界上还有人生活得这么痛苦。"当读到伊莉丝为了逃脱追捕而不得不在冰上以最快的速度跳跃和奔跑时，普莱斯夫人的心都要碎了。她说："我的心揪得都要喘不过气来。天哪，这哪儿适合克拉丽莎读呢？"的确，这本书讲述的故事对于克拉丽莎幼小的心灵来说，太过刺激与沉重了。

爷爷希望克拉丽莎在聚会上能够背上一首诗，克拉丽莎就选了一首《向蜜蜂倾诉》。这首诗虽然并不是一个喜剧，但有些章节还算优美。诗的内容是，一个男人回到家后发现自己的爱人已经去世，他伤心欲绝。佣人把家里的蜂箱上都悬挂了黑纱，整首诗充满了悲伤。诗比较长，但克拉丽莎还是一字不落地全背了下来。说实话，这真让我很佩服。

惠蒂尔先生来拜访的那天，我们在二楼的窗户边上看到爷爷把诗人带了上来。他个子不是很高，瘦瘦的，看上去并不是很严厉或者高不可攀。克拉丽莎给我穿上了那身灰色的丝绸衣服，她希望我用最美丽的样子来拜见诗人。

惠蒂尔先生倾听了克拉丽莎朗诵的《向蜜蜂倾诉》，并且感谢她说："小姐，您真的有一副悦耳动听的嗓子，希望您不需要在抗议的时候用上它。"这时，诗人突然发现了被捧在克拉丽莎手上的我，不由得端详起来。克拉丽莎索性直接把我放在他身上，然后叽叽喳喳地讲起我和她一起参加演唱会的冒险经历，还告诉他我也有一张银版照片。看到我穿着贵格派的衣服，诗人很高兴。

银版照片拿来了，诗人感兴趣地端详着。"你们说她叫海蒂？虽说是一个朴素的名字，不过听上去很有深意。看来，她的确经历过很多很多的事情。但是，从她的眼睛里看不到一丝悲哀，这是一个吉祥的兆头。"惠蒂尔先生若有所思地说。

第十一章 照相和诗人

正式聚会孩子们都不能参加,包括我。但第二天诗人离开时,把一沓稿纸放在克拉丽莎面前,上面写了一首诗,题目是《献给贵格派娃娃》:

这些诗句献给她,
只有短短的小手小脚的她。
安静的眉眼穿着普通的灰裙,
赛过时髦华丽的那些娃娃……

很可惜,我只背诵下了这几句,这是很长时间都让我觉得后悔的地方。

接下来的一段时间,日子好像过得特别混乱。不,其实是事情太多,让我觉得不知道哪儿才是重点。只是,我从普莱斯一家凝重的表情上可以感受到,即将要发生或者已经发生了比较严重的事情。大人们常常会争论起来,《汤姆叔叔的小屋》和亚伯拉罕·林肯,以及托普西,还有什么伊娃等不同的名词纠缠在一起,他们的情绪有时激昂到吓人的地步,气氛显得异常诡异,让人不知道怎么描述。

那一天,普莱斯爷爷拄着拐杖颤巍巍地走进普莱斯的客厅,当他看到普莱斯夫人时,神情凝重得吓人。

"萨拉,还是开战了。"他顿着拐杖,脸上是痛彻肺腑的表情,"虽然林肯总统说南部和北部都没有权利成立独立的政府,但我还是不希望看到这个情景。"

克拉丽莎的妈妈当时手里正拿着一本书,听到这个消息,书啪嗒掉在了茶几上。"难道说打仗就是解决问题的唯一途径吗?"她喃喃地问着,"我们该怎么办?"

没有人能回答她的问题，这是成千上万的美国人想要知道的。

城里的气氛与原来完全不一样了，人们没有机会再穿着华丽的衣衫去听音乐会，也不会有心情去照一张银版照片。穿着蓝色军服的士兵一队队地从窗前走过，这是我和克拉丽莎趴在窗前经常能够看到的风景。他们扛着步枪，背着背包，步伐整齐，脸色看上去似乎很平静。贵格派信徒并不赞成战争，但他们根本无法改变大家的选择。

一天，保罗来找克拉丽莎玩，他们就坐在台阶上聊天。保罗指给她看旗子上注明军队来自哪儿："瞧，这是来自缅因州第十二兵团。"我吓了一大跳。缅因州，那不正是我的出生地吗？菲比家那条满是绿草的小径和开满鲜花的树林，雪白的大房子，还有房前的老松树，立刻像一幅美丽的油画，出现在我眼前，还有那幢红色的谷仓。只是，我不知道，他们还生活得好吗？那条位于巴斯和波特兰之间的普雷布尔家的庄园，承载了我太多的梦想，可惜，我却不能向任何人表露出来。

露丝对来自附近的兵团更感兴趣。她比原来更加稳重了，经常在家里为一个熟悉的男孩子织毛袜和写信。那个男孩叫诺顿，他把他第一件军服上的扣子寄给她当作礼物，还送给她一张自己的锡版小相片。这两样东西露丝都珍藏了起来，不肯拿出来给别人看。后来，我们从大人的话语里才知道，原来露丝已经答应了诺顿，等他打完仗就嫁给他。这是个不错的主意，只不过，不知道为什么，总是让人觉得不放心。"如果诺顿什么事都没有，那么他真是个幸运的小伙子。"爷爷担忧地说，"我真希望那个孩子能够健健康康地出现在我们家的聚会上。"

战争的状态真的是很可怕，我从人们脸上的表情就能够感受得到。伤员被一个个送回来，每个傍晚家里所有的女人都要聚在一起把

第十一章 照相和诗人

棉布撕扯成布条,好给伤员们做绷带使用。而阵亡名单不停地被登记在报上,每个早晨,似乎都能听到撕心裂肺的哭泣声。一些仆人走了,他们有更多的选择。而我们一家人开始辛苦地劳作起来,清洗绷带、织补袜子、手套等,活计越来越多,连克拉丽莎都参与了进来。她每天都忙忙碌碌的,已经把原来那些漂亮的瓷娃娃和蜡娃娃都放了起来。"我不需要她们了。现在,我是一个大人了,我只需要你,海蒂。"十二岁的克拉丽莎说这话时,脸上的神情看上去像她妈妈一样稳重。威尔和约翰是两个小男孩,他们除了帮助跑跑腿,就经常在家里玩打仗游戏。露丝每天更忙了,脸色也没有原来那么红润。一天,她接到了从前方来的信件,上面说诺顿的腿受伤了,这让她的脸色更加苍白。

"如果他幸运的话,可能会拄着木头腿回来。"保罗听说了这件事后说。

"也可能他永远回不来了。保罗,想一想我都觉得难过。我更替露丝难过。我看到她把那颗他送的纽扣挂在了脖子上,还把他的小相片放在枕头下了。"克拉丽莎用手扯着一根小草,烦恼地说。

"她答应过要嫁给诺顿呀!我看,不知道结果有时比知道结果还要更好呢。"保罗随口说。

这个想法真的是正确的吗?但露丝显然不这样看,她仍然充满希望地等待着。又过了几个月,好消息终于传来了。听说诺顿在医院得到了很好的治疗,很快就会回家了。一天,露丝收到了一封信,信里还夹着一些干茉莉花儿。

"亲爱的露丝,我在军队医院治疗得很好。一个叫卡米拉·卡尔洪恩的女孩会经常给我送来鲜花。她有一个布脑袋的瓷娃娃,是因为家乡发生枪战时,她的娃娃的头被子弹打碎了。她非常喜欢我给她讲克拉丽莎的娃娃海蒂的故事，今天她又拿来了一束茉莉花，说这是'送给北方的娃娃'的。"诺顿先生在信里这样说。

　　克拉丽莎开始并不喜欢卡米拉·卡尔洪恩送来的茉莉花，"我不喜欢她送花给海蒂。"她说。但妈妈对她说："别这样，克拉丽莎，我们要爱所有的人，况且那个女孩遇到的事情要比你不幸得多。"而露丝却非常高兴，她甚至都想把我打包寄给那个叫卡米拉的南方女孩儿，幸亏信里没有这样说，所以我觉得很庆幸，因为我可再也不想处于战火之中了。

第十二章
纽约，时装娃娃

内战终于结束了，我参加了诺顿和露丝那不算盛大的结婚典礼。露丝穿着用窗帘布改做的衣裙，幸福而甜蜜地挽着诺顿的手臂，走进了教堂。我想，她真的是十分幸福。而不幸的不是别人，恰恰是我。

内战结束后，克拉丽莎被送到贵格派学校去住宿，我就是在上车那一刻，预感到我的不幸即将开始的。因为，驿车上装载着太多的行李箱，我想，如果不是一个精心的邮差，他肯定不会弄清楚，到底哪件行李是哪位客人的。"嗯，这件行李箱是凡·伦斯勒先生家的吧？"驿车邮差拿着装我的箱子喃喃自语，听得出来，他很犹豫。

事实证明我的预感是正确的，我真的被送到了一个陌生先生的家里。我跟一些缎带和花边一起被放在一个箱子里，为了防备小虫子捣乱，里面还放了一些白色的樟脑丸。我从来不知道，一种白色药丸竟然会散发出这样令人头晕目眩的气味。然而，我却足足被这种气味包围了两年。两年啊！在这两年中，我一眼也看不到窗外的白云，看不到绿树和花朵，更别说听到鸟儿的鸣唱和音乐会的歌声了。

一天，正当我百无聊赖，在心底第一万次感叹命运的奇妙和自己身不由己的古怪命运时，一双手突然掀开了装我的木箱盖子，阳光，金黄的阳光，像金子一样洒下来，晃得我的眼睛眯缝着睁不开。"哦！这是什么？"当她的手在盒子里拨拉了半天后，缎带和花边被拿开，她突然发现了我。而我，也发现了她——那位身穿墨绿色衣裙、戴着厚厚的近视眼镜的女人。相貌平平的她,看上去并不十分让人喜欢。但她几乎凑到了我的身上,察看我的眼神除了惊奇,显然还带着惊喜。

她就是米莉·品奇小姐,她当时的任务是在凡·伦斯勒家待半个月给他们做衣服。虽然她一直认为自己也是一个技艺高超的裁缝,但显然并没有人这么看。所以,她每天只能做些缝制衬裙这样的工作,这让她很沮丧,产生了不满的情绪。看到我之后,她立刻产生了一个新颖的想法。"啊哈!这回好了,我有一个好办法展示自己了。"所以,她并没有把我重新放在里面,或交给别的孩子玩儿,而是飞快地回到她自己的房间,把我藏在了柜子顶上。

晚上,吃过晚餐后,她把我拿出来,仔细比量着,并用尺子测量了我的身高和胸围等。"我要设计一套全世界最时髦最奇妙的衣服,让他们对我刮目相看。"她边量边咕哝着,"谁让他们老是瞧不起我呢,以为我只是二流的角色。我要让他们瞧瞧,我与巴黎来的设计师的水平是不相上下的。"此后,我就白天被她藏起来,夜晚出现在她的工作台上。

米莉·品奇小姐一切都好,就是她那含在嘴里的大头针,总是让我不寒而栗。真的,我不是为我自己担心,而是担心她,万一不小心把大头针吞进肚子里,她还能有命吗?不过,她可真是摆弄大头针的高手,而且那把大剪刀她也使得出神入化,只要轻轻一挥,剪刀就会按照她设想的样子在布上蜿蜒行走。有时,它离我那么近,都会让我误以为马上就要把我铰得粉碎,但显然这只不过是"好像"而已,因为它从来没有发生过。

不得不说,我的出现对米莉·品奇小姐是件好事。她没有钱买模特儿,能够在我身上一展她引以为傲的技艺,是她特别开心的事儿。

第十二章　纽约，时装娃娃

除了白天要干针线活儿外，她几乎把全部的精力都用在了我身上。

在我俩独处的那些日子里，她经常会发些牢骚，这让我逐渐对这个家的家庭成员有了一些零散模糊的印象。有一次，她抱怨说："哼，丽丽小姐非说她的裙子上要出现三排褶皱才更漂亮，而且还要更长的穗头。并且，居然说下周还要穿一件塔夫绸的衣服参加聚会，要吸引更多的年轻小伙子。她可真是臭美！依我看，普通棉布穿在她身上都是奢侈。"还有一次，她一边为我的小衣服绲边一边恼怒地说："如果哈利小少爷再敢把我的顶针藏起来，我就把他打碎花瓶的事告诉夫人。还有，伊莎贝拉小姐竟然说只有珍珠扣子配在裙子上才最符合她的身份，她哪儿有什么身份啊。"

可我不得不说，米莉·品奇小姐的服装设计水平和缝纫水平实在是太棒了，与巴黎来的设计师相比也毫不逊色。我很快变得时髦起来，我相信没有任何一个娃娃能在短短的两周内经历这么大的变化。蓬蓬的波纹绸礼服配上垂褶袖短裙，衬着我纤细的腰身，数不清的蝴蝶结缝在裙摆上，那蓝丝绒的泡泡纱上缀满了只有大头针屁股那么点儿大的小花儿，而袖珍女帽和麂皮手筒则让我在时髦中透着那么一种高贵。

"终于完工了。你这个幸运的娃娃，海蒂，你现在可以从华盛顿广场一直走到第十四大道，我敢保证那些时髦漂亮的女孩一定都会羡慕地盯着你看。"米莉·品奇小姐瞪着那双深度近视的眼睛，自豪地上上下下打量着我，"没有一点儿不贴切的地方，也没有一丝粗糙或者愚蠢的设计，一切都那么完美无瑕。"

这就是我改头换面成了一个时髦娃娃的经过。而这恰好说明了，我们谁都无法预知奇迹会在哪里出现。谁会想到我会遇到米莉·品奇小姐，谁又会相信我会在毫不起眼的米莉·品奇小姐手中变身为时髦的模特呢？

第二天上午，我正站在工作台的镜子前惊讶地看着镜子里的自己，那种妙不可言的感觉让我无法抗拒。这时门突然开了，我看到了一个八岁左右的漂亮的小女孩，她有着一张粉嘟嘟的小脸，眼睛大大的，栗色头发卷曲着，就像童话书中的小公主。我第一眼看见她就被她迷住了，因为她比我之前见过的小姑娘都要好看，格子绸的衣服上有着波浪形的包边，而且还有很多镀金扣子。她拿起我细细地打量了半天，从我的发型到我的手脚，还有我外面的衣裙和里面的衬裙，然后，她毫不犹豫地拿着我飞奔出去。

"妈妈，妈妈，你快来看！"她举起我，向大厅里一位身材苗条、身穿海豹皮上衣、戴着用鸵鸟毛装饰的小帽子的夫人说，"这儿有个漂亮娃娃！"

"你是从哪儿找来的，伊莎贝拉？"夫人把我拿过去，"你怎么会有这么漂亮的娃娃？"

"不是我！是品奇小姐！这是我从她的工作台上找到的。"伊莎贝拉仰起可爱的小脸儿，认真地说，"但是她年纪那么大，怎么会有这么漂亮的娃娃呢？她不应该玩娃娃了。"

"为什么还到仆人房间里去？我不是跟你说过很多次了吗？不能到仆人房间里去！"夫人生气地教育她说。

"妈妈，我是从门缝里看到的。"伊莎贝拉这样跟妈妈解释道。这话也有些道理，但并不完全是，因为我可是知道得一清二楚啊。

"您看，这是用您的蓝旧绸布做的，这是用丽丽姐的天鹅绒做的。"伊莎贝拉又指着我的衣服说，"瞧这腰身多妥帖呀！我也想要这么一身衣服呢！"

"嗯，你说得没错，品奇小姐的手艺确实是一流的。平时还真没

第十二章 纽约，时装娃娃

看出来。"凡·伦斯勒夫人打量着我赞成地说。

凡·伦斯勒夫人话音刚落，恰好品奇小姐走过来叫伊莎贝拉去试衣服，说实话，从她的脸色看，我就知道一场争吵不可避免。

"夫人，我觉得您太过分了！这娃娃是我的，我为她设计了这一身衣服，我不明白，您有什么理由闯到我的房间里去拿我的东西？"品奇小姐冷淡而犀利地说着，她那锐利的眼神，足以杀死她的仇人。

"不是这样的！并不是我去你房间拿的，这是伊莎贝拉拿过来的。虽然我认为她不应该去你的房间。"凡·伦斯勒夫人急忙解释着，她觉得在品奇小姐面前，自己和伊莎贝拉实在不是很光彩。

"可是，无论如何，我的娃娃现在在您的手上。您说，您打算什么时候还给我呢？"品奇小姐坚持着，从她那双眼睛里放射出坚定的光芒。

"不！妈妈，我不想还给她。这是我的娃娃，不是吗？"伊莎贝拉听说要把我还给品奇小姐，急忙从妈妈手里又把我抢了下来，"这是我的！"

品奇小姐气得鼻子、眼睛都扭到一起了，她气愤地说："不错，这是我从阁楼上翻出来的，我本来是要找些花边的。但是，现在她穿上了我设计的服装，她要作为我的模特儿出现在大家面前，你不能把她拿走！"

这时，伊莎贝拉的父亲凡·伦斯勒先生走进门来，若不是他及时回来，还真不知道这事会如何收场。凡·伦斯勒先生身材魁梧，彬彬有礼，表链上挂着很多小印章。"发生了什么事，亲爱的？"当他发现家里乱糟糟时，惊讶地问。

在明确了事情的来龙去脉后，凡·伦斯勒先生严肃地说："这个娃娃——"

"她叫海蒂！"品奇小姐瞪着大大的眼睛不容置疑地提示着。她是想告诉大家，她是第一个发现我的人，也理所当然是娃娃的所有者。

"哦，这个娃娃海蒂，毫无疑问是属于我们凡·伦斯勒家的，因为这是在我们家的阁楼上发现的。可是她的时装属于品奇小姐，如果没有她精湛的手艺，那些布头儿也不能变成这么精美的服饰。当然，如果这些衣服没有穿在这个小娃娃身上，也就没有什么实际的意义了。"凡·伦斯勒先生咳嗽一声，发表了他的见解。

"哼，这还差不多。这么讲还有点道理。"总之，品奇小姐因为凡·伦斯勒先生彬彬有礼的解释而感觉好多了。她摇摇头，脸色不像刚才那样难看了。

最后大家达成协议，他们夫妇会从品奇小姐手上把我买下来送给伊莎贝拉。同时，他们也会把品奇小姐推荐给史蒂文森广场上的女装公司，我也会被带过去证明她的杰出技艺。

伊莎贝拉是个惹人喜爱的孩子，也是我见过的长得最漂亮、精力最旺盛的孩子，她每天都有些稀奇古怪的想法。她还有很多时髦漂亮的娃娃，可是，不知为什么，她却越来越喜欢我，如果有人敢当着她的面嘲笑我"并不是个纯粹的美人"，她会气得大叫："你也一样！"这真是一种奇妙的感觉，让我心存感激。

伊莎贝拉和哥哥哈利都是私人老师杰拉尔德的学生。杰拉尔德是一位面色苍白、神情严肃的年轻人，他十分喜欢拉丁语，经常带着哈利读《恺撒大帝》。而伊莎贝拉是家里最小的孩子，又这么可爱，因此是家里人的心肝宝贝。她经常跟着父亲出去散步，当然，每次都带着我。平常的日子里，凡·伦斯勒先生经常会给她读狄更斯的《少爷返乡》。除此之外，她还要按时去舞蹈学院练习舞蹈。有时，她也会

第十二章 纽约，时装娃娃

随妈妈去第五大道或者史蒂文森广场购物，但无论到哪儿，她总是把我抱在怀里，她认为我是最小巧玲珑的，适合与她出现在任何场所。

原来我只见过比较粗犷的水手舞，但现在我在舞蹈学院欣赏到了用钢琴配乐的华尔兹。孩子们跳得是那么优雅动人，令我下定决心也要学习这种舞蹈。然而，这只不过是我一厢情愿罢了。我那由整块木头雕塑的身体，并不能让我自如地行动。因此，虽然我并不是一个容易放弃的人，但也只好放弃了这个想法。

那一年，我还见到了另一位声名显赫的先生，他比惠蒂尔先生还要有名。那是个星期天的晚上，天气很冷，星星像冰冷的钻石一样在天空中闪烁，我们紧紧地靠在一起，随凡·伦斯勒先生去看望一位生病的先生，他为病人送去了一瓶雪利酒。伊莎贝拉的脸蛋被冻得像她穿在斗篷里的红色开司米上衣一样鲜红，可她依然神情愉快。

"噢，天哪！我敢肯定，那一定是狄更斯先生！"凡·伦斯勒先生突然压低了嗓音，指着前面不远处的一个身影说。

"什么，爸爸？是写了《少爷返乡》的狄更斯先生吗？"伊莎贝拉问。

"当然了，亲爱的孩子。来，向他问个好吧。"爸爸兴奋地提出建议。

伊莎贝拉简直太激动了，她竟然一下子冲到了狄更斯先生跟前，吓了他和他的两位朋友一跳。狄更斯先生好奇地看着伊莎贝拉，慢慢地，一丝微笑出现在他的脸上。可是，我，一个本来很时髦的娃娃，却被伊莎贝拉掉在了地上。这可真是太丢脸了。

"小姐，喏，还你的娃娃。"狄更斯先生的声音很好听，不像他的面容看上去那么严肃，他果断地弯腰把我捡了起来，然后把我递给伊莎贝拉，又冲她温柔地鞠了一躬。

海蒂：木偶百年历险记

第十二章　纽约，时装娃娃

"您真是写了《少爷返乡》的狄更斯先生吗？"伊莎贝拉又问了一遍。

"看来，您真的是我的读者。我要向您致敬！真的！"狄更斯先生又冲她鞠了一躬，"小姐，愿您越来越美丽！"

噢！这一刻，大概是伊莎贝拉最幸福的时刻，她那涨红的脸庞，就像一朵盛开的玫瑰花。而此刻就站在旁边看着的凡·伦斯勒先生，显然更加骄傲。

不过，还有谁比我的经历更传奇呢？想一想，我是狄更斯先生亲手捡起来的娃娃，而且用的是右手，是写出他所有作品的那只手！相信伊莎贝拉可以有更多的话题向大家介绍我了。她也的确是这样做的，在此后的日子里，我成了她到处炫耀的宝贝，有时连我都觉得脸红呢。

第十三章
回到新英格兰

　　凡·伦斯勒家的幸福生活让我一度以为，我可能就会一直这么生活下去，不再有什么传奇的经历。要知道，那是一个极其讲究规矩的家庭。连在新年这样的节日——那是除圣诞节以外最令人兴奋的节日，要从新年前夜开始持续到元旦后——都只有姐姐丽丽才能跟妈妈一起接待宾客，因为她够十八岁了，可以正式进入社交界，而伊莎贝拉和哥哥哈利却只能待在楼上。这个消息一度使伊莎贝拉和哥哥哈利非常沮丧，甚至都削弱了新年对他们的吸引力，但很快，厨房里不断涌出的蛋糕味儿和姜饼味儿让伊莎贝拉和哥哥哈利又情绪大振。

　　"哦，天哪！我新烤的肉桂卷儿。唉，伊莎贝拉，可怜的孩子，你为什么不跟我说一声呢？如果你大大方方地向我要一块儿，我也会给你的呀！"我总觉得帮厨的女佣说"可怜的孩子"的时候，更像是在说"可怕的孩子"，因为她那表情非常奇怪，眼睛鼻子都快扭到一起去了。

　　"哈利少爷，快停下手！千万别破坏了造型！你懂吗？造型！"厨师对哈利的语气要不客气得多，尤其是当哈利的手伸进提拉米苏起士蛋糕的那一刻。你只要看到厨师那心疼的样子，就可以想象得出哈利对这个蛋糕的破坏力有多大，厨师的心里有多痛苦。对孩子而言，还有什么比香喷喷的食物更有吸引力呢？除了那些样式新奇的玩具，还有新年将要点燃的烟花，我想不出还有什么别的。所以，每天总有

第十三章 回到新英格兰

那么几个时刻，会让厨师和帮厨的女佣难受半天，让他们几乎无法正常工作。后来，他们不得不学会在制作一个比较完美的食品之前，提前预备出一份来满足两位小主人的需要。

不同种类、不同瓶子的酒从储藏室里拿了出来，它们会被调制成潘趣酒、蛋酒和热棕榈酒等，这些饮料至少要从新年前夜开始一直供应到元旦后。所有精心收纳的帘子、垫子和那些比较珍贵的"软件"都被拿了出来，清洗干净，并且放到了恰当的位置上。所以，无论从哪个角度看，家里都变得更加华贵和美丽，足以应对节日的欢宴。

"丽丽，你去看看他们把银刀叉和酒具准备得怎么样了，它们是不是成套？还有，餐垫的颜色与它们相配吗？"凡·伦斯勒夫人每天都会安排一些事情，让丽丽帮着照管。

"妈妈，银刀叉和漂亮的酒具早已准备妥当，足够二十几位客人同时进餐。还有，它们的颜色我也看了，和您原先设想的一致。那条绣着玫瑰花的绸质餐布，简直太完美了。"丽丽检查督促了一圈后，回来报告。

而凡·伦斯勒夫人穿着墨绿的绸质长裙，正在拟写宾客名单。她的工作繁忙而琐碎，她还要给这些客人写信，邀请他们参加自己家的新年夜晚宴。

"菲利普一家、格列齐先生家、约翰逊博士、威廉姆斯医生、布朗律师、琼斯、米勒、戴维斯……哦，人实在是太多了。我要好好计划一下，看看怎样安排座次。"凡·伦斯勒夫人边琢磨边唠叨着，这的确是件令人头疼的工作。

这些准备工作非常繁重，所以丽丽一直在跟着父母张罗着，而这一切伊莎贝拉和哥哥哈利都没有机会参加，特别是在新年夜。他们还被早早地赶到了楼上的儿童房，被命令不能走出院门，不能做一些危险的事情，当然也包括不能打扰即将开始的新年宴会。"不！妈妈，我不同意。我求求您，我就站在一旁，看看太太和小姐们精心搭配的衣服和首饰就好。"伊莎贝拉请求着，但她并没有获得批准。"亲爱的，你还小。一会儿事情太多，太忙乱，妈妈顾不上照顾你。你千万不能出来，在这儿你是安全的。新年夜，街道上会有喝醉酒的人，他们不知道会干出什么可怕的事情来。所以，我亲爱的宝贝，你和哥哥乖乖地待在儿童房里，妈妈会派人给你们送上来美味的糕点和饮料的。"说完，凡·伦斯勒夫人急匆匆地提起她的长裙，赶着去检查客人们来临前的最后工作了。

中午十一点后，客人们陆续到来。热闹的寒暄声，女士们裙子的沙沙声，男人们的脱帽致意声，以及大家脱下大衣的声音，混杂在一起，客厅里变得喧哗起来。很快，客厅暂时安静了一下，因为人们已经进入了餐厅，开始觥筹交错。

伊莎贝拉在儿童房里尽可能地忍耐着，而哈利却顾不上她，他完全投入到了他的新年礼物——一套崭新的木匠工具箱中，这让一向喜欢制作点小玩意儿的他如获至宝，马上开始工作起来。"吱——""咣——当"，屋子里响起锯子锯木和锤子钉钉子的声音。"烦死了，哈利！你不能停一下你的锯子吗？"心烦意乱的伊莎贝拉开始责备哈利，但没有任何效果，气得她暴跳如雷，冲哈利吼了起来。可哈利却跟没听见一样，仍然沉浸在使用这些"新玩具"的快乐中。现在，谁也无法干扰到他。

伊莎贝拉觉得自己真是太不幸了，爸爸妈妈不让下去参加晚宴，哥哥光顾着自己玩，也不理她。而且，哥哥还弄出这么多噪声，让她简直无法忍受。"真没意思，谁也不陪我玩。不管啦，我就要出去看看。人家都说新年夜是最有趣的，我要看看别人都做些什么事情。再

第十三章 回到新英格兰

说了,我也想去拜访詹金斯先生。对,去拜访詹金斯先生!"伊莎贝拉像找到了什么最好的托词,突然兴奋起来,然后开始打扮自己。

詹金斯先生就是上次凡·伦斯勒先生去探望病情并送过雪利酒的那位先生。他家住得很远,凡·伦斯勒先生曾经开玩笑说好像是在什么"第二十三街的荒地"。他是位独居者,特别喜欢伊莎贝拉。

伊莎贝拉选的时机很对,当时客厅里没有什么人,大家都在餐厅用餐。仆人忙里忙外地递盘子端菜,压根儿顾不上照看她。她穿上最漂亮的节日衣裙,又披上厚厚的披肩,抱着我,小心翼翼地走下楼梯,就像一只蹑手蹑脚的小猫儿。她先躲在客厅的金丝绒窗帘后,听着没什么动静,这才向大门外溜去。

我知道她这么做不对,但我也为能在这个时间独自出门而兴奋不已。这时的天空已经透出沉沉的暮色,街灯亮了起来,像眼睛一样盯着我们。天边,几颗星星刚开始眨着眼睛,街道两旁的房子里透出亮光。人们来去匆匆,每个人的脸上似乎都挂着新年的快乐,但也有不一样的。我就发现,有人从垃圾箱里拣拾食物和包装袋,有人还把那些袋子套在身上取暖,还有几个醉汉东倒西歪地走着,手里拎着酒瓶子,喷着满嘴的酒气。隐隐约约,一丝不安从我心中涌上来,让我变得不是那么愉快了。

伊莎贝拉急匆匆地走着,她为了避开熟人,选了一条向西走的有点绕远的路,她可没有什么不安的感觉,相反,她的心情出奇地好,两眼不时地望着街上来往的人群,或抬头去看专为新年装饰的街景。所有的商店都关了门,除了一两家药店,店里红色和绿色的大罐子喷射出耀眼的彩光。几辆四轮马车从我们身边驶过,但步行的人越来越少。悠扬的琴声从装饰得很漂亮的房子里飘散出来,给街道增添了淡淡的喜气。

夜色弥漫开来，天空中飘起一片片薄薄的雪花，在灯光的照耀下，别有一番风味。突然，不知从哪儿走来一群男孩子。他们穿着破烂的衣服，脸上黑黑的，好像好久没有洗过脸。他们足有七八个那么多，每个人手上都拿着乱七八糟的"道具"，有破雨伞，有木棍，还有人拿着一把断了的玩具剑。

"小姐，新年快乐！请给我们一些零花钱吧。"领头的那个人阴阳怪气地说着，一双眼睛一个劲儿地上下打量伊莎贝拉，看得她心里直发毛。

"我没带零钱，真没有。"开始，伊莎贝拉还很平静地回答着，但当她发现这些人越来越近地围上来时，心里就开始紧张了，这从她双手紧紧地搂住我就能感受得到。

"什么？没带钱？那还出什么门！"领头的那个人火了，盯着伊莎贝拉看了半天，大声叫道，"把她鞋上的流苏揪下来！"

几个孩子立刻跑上前来，开始揪伊莎贝拉鞋上金色的流苏。那根本不能当钱用，我不知道他为什么要让人揪流苏。

"你们干什么？你们这些坏人！我要让爸爸把你们都送进监狱里去！"从来没有见过这阵势的伊莎贝拉怒气冲冲地大声叫着，并用手挥打起来。

"什么？还要把我们送进监狱？哼！我叔叔那儿有个破仓库，我们干脆把这个小妞儿关进仓库去！"说着，那个领头的就要上前来抓伊莎贝拉。

伊莎贝拉气急了，用手拿着我挥打起来，想把他们都赶到一边儿去。没想到，那伙孩子直接把我一把抢走了。

"哈哈！瞧瞧，这就是富人们！连他们的娃娃都打扮得这么漂亮！"有人看着我生气地说，然后开始用手撕扯我的衣服。天哪！如

第十三章 回到新英格兰

果为我做衣服的品奇小姐看到这一幕，准会惊得昏倒在地。

"还我海蒂！还给我！你们这些坏蛋！"伊莎贝拉拳打脚踢，奋力挣扎着，想把我夺回来。几个男孩子一起拥上来，眼看就要把她拖走了。"嘟——"远处突然传来一声警哨声，几个男孩子听见了，停住了手脚。领头的那个把手一挥，大声说："撤！"

只一会儿工夫，他们就带着我跑出了快有两条街。我回头看时，只看见伊莎贝拉少了一只衣袖，丢了披肩，正披头散发地蹲在地上痛哭。好像有警察赶过来了，她正在向他们讲述自己的遭遇。雪花落在她蓬乱的头发和涨红的脸蛋上，愤怒丝毫没有影响她的美丽，反而让她平添了一种别样的气质。

我和伊莎贝拉的披肩，还有那些流苏，都成为了战利品。领头的那个男孩认为披肩最有价值，可以送给自己的姐姐当新年礼物，于是把它拿走了。至于我，大家都认为如果放进炉子里烧火还行，送人只怕是有点丢脸。或者，把我当作新年夜里的火把也是不错的。这让我哭笑不得。

我很幸运，因为这时有另外一群男孩跑来了。他们邀请这个团伙一起去攻打一家面包店，准备抢一些糕点作为新年礼物。

"汤姆！咱们去攻打加勒比街面包店，那儿的面包足够我们拿回家过节的。"另一群领头的男孩满脸雀斑，他扬起冻得红红的鼻子对我们这些人说。

"这个主意不错哦！如果回家前咱们能成功的话，那么，不光是新年，新年后，我们也都有面包吃了。"我们这边领头的那个男孩兴奋地说，然后毫不犹豫地答应了他的邀请。

但攻打面包店并不是件很容易的事。"啪！啪！"面包店的橱窗玻璃被他们用石块打碎了，面包店里的人虽然很害怕，但还是决定奋起还击，他们挥舞着平底锅和大饭勺子，恐吓这些男孩。让男孩没有防备的是，还有人偷偷溜出去报了警。"嘀嘀——"警车的声音在夜色里那么刺耳，吓得这些表面凶悍的男孩子落荒而逃。有一个特别脏的男孩把我头朝下塞进他那臭烘烘的衣兜里，我衣领口的蕾丝都被撕坏了。后来，另一个男孩把我插进一根木棍顶端的空管里，当作他们队伍的标志，我的上衣又被戳出了一个大口子。

他们本来就是一群精力极度旺盛的孩子，打别人家的窗户，偷门牌，用石头攻击单独行路的人。总之，一切男孩子能够想出来的惹是生非的事儿，他们都做了。我正担心这些淘气的男孩子真的有可能把我塞进火炉里，或者把我扔进护城河里，这时，一个又瘦又小的男孩子不好意思地问："能把这个娃娃送给我吗？"这话引来一阵不约而同的嘘声，有人故意问："怎么，是要送给你的小情人吗？"那个男孩没有承认，也没有否认，只是这么请求着。"我只是想把她带给我家里的姐妹玩。"于是，举着棍子的那个男孩把我从上面取下来，递给了他。这让我如释重负。

接下来我又成了焦点人物，那是在马车夫杜利一家的出租屋内。那个叫提姆·杜利的男孩把我带到了这儿，他的姐姐和妹妹可真多，估计得有七八个。一家人吵吵嚷嚷地在喝新年炖汤，一位身材臃肿的妇人，也就是他们的妈妈，正在用勺子盛汤。

"提姆，你拿的是什么？给我看看。"一个年纪略大些的女孩站起来，把手伸过来。

但提姆不想听她的话，他想把我送给他的表妹凯蒂。凯蒂才是他冒着被嘲笑的危险把我要回家的主要原因。凯蒂才九岁，一头柔软的黑发光滑地贴在头上，不像其他女孩子那样乱蓬蓬的。她性格温柔，不爱吱声，一双蓝色的眼睛里似乎总是带着忧伤。

第十三章 回到新英格兰

说实话，吵闹不休的提姆一家人真的把我吓坏了。但是，当我被交到凯蒂手里时，就一下子安心了不少。虽然我身上那华丽的衣服被撕得破烂不堪，而且没有人愿意帮我把它们整理得更干净更漂亮一些，但是当我看到屋里的孩子穿得破破烂烂却又无所谓的样子时，也就觉得自己没有权利抱怨什么了。毕竟，在这个世上遭点罪并不是什么丢人的事情。

新年过后，凯蒂要跟她妈妈一起返回她们在罗德岛的家。这是我第一次有机会乘坐最新式的蒸汽火车。当我第一次站在站台上，看着那像长龙似的火车驶进车站时，心里真觉得有些害怕。但等进了车厢坐在座位上，我就开始享受这其中的乐趣了。当看到那一片片的房屋、远处的田野和奶牛从窗外飞逝而过时，我惊讶极了。大家也都在聊着人类的发明给我们的生活带来的巨大变化。"是的，蒸汽机车真的很厉害。我想，过不了多久，我们凯蒂也许能坐着这玩意儿飞上天去呢。"凯蒂妈妈跟同坐的乘客说。

那天晚上，凯蒂和妈妈住在普罗维登斯的一户人家里，第二天早晨乘坐马车去往普塔基特，那儿住着凯蒂的亲戚们——舅舅、阿姨、表兄弟和表姐妹们，他们都是附近纱线工厂的工人。对于这么多人来说这个房子确实小了些，但是他们在早上七点打铃之前就全都去工厂上班了，一直到晚饭才能回来，有的叔叔晚上还要加班。亲戚们全都上班后，凯蒂和妈妈就负责照看家里。凯蒂在厨房帮妈妈看着火炉，这样，妈妈就可以有工夫去打扫楼上的房间，或去买菜和择菜，也可以熨熨衣服。凯蒂的工作，就是等火上的汤煮沸了时去喊妈妈。

厨房对我来讲是陌生的，但慢慢地我对那些锅子铲子还有那些瓶瓶罐罐熟悉起来，我甚至对姜、肉桂还有豆蔻等作料产生了浓厚的兴趣。当凯蒂被安排研磨豆蔻粉时，我忽然想起了在荒岛上时那只银白脸的猴子送给我的几粒豆蔻,过去的岁月像一幅风景画一样突然出现在我的记忆里。

凯蒂的身体很柔弱,当冬天快要过去时,她患了感冒,发高烧,虽然每天都被包在法兰绒毯子里,而且还天天喝药汤,但病情仍不见好转。医生建议送她到乡下调养一段时间,虽然凯蒂妈妈十分舍不得,但家里其他人都劝她不能犯傻,于是几个星期后等凯蒂好些了,大人们就送她出发了。我跟着凯蒂一起上了车,这次的旅程很短暂,一路上列车员把我们照料得也很好,很快我们就到达了一个乡下的小站,站台上有个男人驾着轻便马车在等着我们,他是农场的雇工,叫阿莫斯。

凯蒂要在农场那儿待上一整个夏天。现在正是七月份,大路两旁开满了黄色的雏菊和黑眼松果菊,自从离开缅因州后,我就再也没见过这些美丽的花了,现在又见到它们,使我感到就像与普雷布尔一家重逢一样,心情特别舒畅。阿莫斯一路上都在向凯蒂介绍邻居们都养了几头猪、几只羊,但当被问起每家有几个孩子时,他却一无所知了。

布兰科特夫人在一座白色庄园的后门那儿迎接我们,她是一位身材滚圆、和蔼可亲的女人。她自己有三个孩子,又收留了很多来疗养的孩子。所以,她非常了解该怎样哄想家的凯蒂。

"哇!我不待在这儿,我要回家。我要找妈妈,我要找表哥,我要找我的表姐去!"夜晚来临,窗外黑漆漆的,想家的凯蒂竟然从胸腔里爆发出尖锐的哭喊声,这让我根本没有想到。她跑出儿童房,一直跑到厨房里,因为那里能让她想起亲戚家那个拥挤的厨房和大家熟悉的面庞。

"亲爱的凯蒂,我的宝贝!来,让我抱抱你。"布兰科特夫人

第十三章 回到新英格兰

走过来,伸手抱起她,用脸贴着她那苍白的小脸儿,温柔地说,"这儿就是你的家。在这儿,你想要什么就告诉我。我们这儿有可口的羊奶,可以制奶酪,还有野生蜂蜜做的蜜饯。来,你来尝一块儿。"说着,她从一个罐子中拿出一块蜜饯,递给凯蒂。

布兰科特夫人很欣赏我,她夸我"身材适中",说我看上去很会体贴别人,而这一点是她最看重的品质,至少她常常跟孩子们这样说。凯蒂开始逐渐适应了这里的生活。一天,阿莫斯说可以带所有的孩子去牧场,凯蒂也把我带上了车。我和六个孩子坐在空荡荡的敞篷车厢里,一起向牧场驰去。

"你们都来了?孩子们,欢迎你们!"农夫布兰科特先生在牧场欢迎我们,他伸出大手,把我们一个个抱下车来。我们开始在牧场上奔跑嬉戏,凯蒂安静地尾随着淘气的孩子,看上去很开心。

当车厢里的干草堆得比谷仓门还要高时,我们被抱着放到草堆上。哦,多么美丽的风景呀!从上面望去视野无比开阔,越过碧草茵茵的牧场,我能看到连绵起伏的山脉,还有高大的阔叶树木和低矮的灌木丛交织着的茂密森林。车开起来,大路两旁的榆树和枫树叶,还有柳树叶,不时扫过我们的脸庞。孩子们情不自禁地唱起了有趣的儿歌:

大老虎,大老虎,你在哪里?
在这里,在这里,我很强壮。
大黑狼,大黑狼,你在哪里?
在这里,在这里,我很可怕。
红狐狸,红狐狸,你在哪里?
在这里,在这里,我很精明!

大家唱得高兴时，性格内向的凯蒂就把我放在膝盖上，抿嘴笑个不停。突然，威利·布兰科特像屁股上被虫子咬了一口似的，从稻草堆上跳了起来。他涨红着脸说："我坐在田鼠窝上了！我能感觉到它们在蠕动！"其实他也没有那么害怕，只是他觉得这是一个引起大家注意的好机会。

稻草堆上一下子像炸开了窝，几个女孩子惊叫着往一边逃去。阿莫斯先生没办法，只好停车上来抓田鼠。他果然从威利·布兰科特刚才坐的位置上找到一窝还没长毛的浑身粉红色的小田鼠。

幸好，没有人掉下车去。至少他们是这么认为的。但是，只有我知道，我滑下稻草堆了。

唉，为什么总是让我经历这样的惊吓呢？是不是只有这样的经历，才能让我显得与别的娃娃完全不同？后来，当我每一次听到有人对我说"这是一个有内涵的娃娃"时，我都这么想。

谁都没有发现这一点，甚至连凯蒂也没有发现，直到她被抱下车时，才突然醒悟过来。"我的海蒂！她不见了！"她惊恐万状地指着稻草堆说。

阿莫斯和几个男孩子决定在稻草堆里找一找，但他们翻了翻上面，没有发现。阿莫斯对凯蒂说："别担心，等到这些稻草被装到草棚里时，我会帮你找到她。"这话让凯蒂放心了不少。

但是直到所有的稻草都被叉进了草棚，阿莫斯还是没有发现我。他又安排几个男孩子和凯蒂一起在稻草里翻找了半天，有几次，我都感到他们的手马上就要摸到我了，可还是错过了；有几次，我能感到他们似乎踩住了我的身子，可他们却一点感觉都没有。

"这个娃娃像变魔术一样变没有了！"最后，阿莫斯只好摊开双

第十三章 回到新英格兰

手,无奈地对凯蒂说。其实那个时候,他的大靴子正结实地踩在我的头顶上。

越来越多的干草被堆进来,于是,我发现孩子们已经放弃了寻找我。这是很正常的事儿,当娃娃不在孩子身边的时候就很容易被遗忘。而且现在凯蒂变得越来越结实,能和其他孩子一起嬉闹玩耍了,所以我想她应该也不再需要我的陪伴了。

我被埋在干草棚里,虽然并不是很舒服,但也不算难受。后来,我被慢慢推到一个角落里,好几年都没人来动一下。每天来看我的除了谷仓的燕子,就是温暖的小田鼠。特别是小田鼠跟我的关系,尤为亲密。我看着它们生育后代,又看着它们的小宝宝长大成年。它们时常来到我身边,不仅陪我玩儿,还能在寒冬腊月里给我带来温暖。干草棚里的灰尘真的很多,慢慢地我的面孔变得越来越脏,有的时候田鼠会同情我,当它们给自己的孩子洗脸的时候,也会顺便帮我洗一洗。

海蒂：木偶百年历险记

第十四章
新 职 业

一天，一个干草权把我从草棚里带了出来，但持干草权的人不是阿莫斯。很久没有看到那么灿烂的阳光了，说实话，那一刻我真有一点儿激动。但很快，我就开始忐忑不安起来，因为我发现，自己正落在一头奶牛的食槽里。它那双像铜环似的眼睛正盯着我，让我害怕。

"慢一点儿，约翰！"一个男孩清脆的声音吓了我一跳，但他也解救了我。"让我看看，这是什么？"他好奇地把我从奶牛的嘴边拿过来，惊奇地左右端详着。

"是一个木头娃娃呢！我要拿给妈妈看。"他飞快地跑向一个农舍，那显然并不是布兰科特家的房子。

他妈妈正在为两个借宿在农场的年轻人做早餐。两个年轻人是画家，一个画农庄里的牧场奶牛，还有房舍，他说那是"风景"；另一个画肖像画。那个画肖像画的年轻人看到我后爱不释手，他花了四分之一银币的价钱，把我买了回去，然后把我摆放在厨房的餐桌上，并郑重宣布从今往后我就是他的吉祥物。虽然那个男孩的妈妈很不理解，认为我就是一个"除稻草人外"的最普通不过的农家用品，但这个叫法利的年轻画家却说她并不懂得我的真正价值，这让我激动不已。第二天，法利先生带我出去采风，虽然我的裙子已经破破烂烂，我的珊瑚珠项链也断开后散落在干草棚的角落里，但当我重新站在阳光下时，我感觉又一次找回了自己。

"哟！这是谁啊？"一位年轻的小姐看到法利先生从裤兜里把我拿出来，觉得很奇怪。她把我拿在手上研究起来，"这是你喜欢的小玩意儿？"

"她是我的吉祥物，她会为我带来好运的。你能帮我替她做一身衣服吗？"法利先生问。

"没问题，这应该不是什么难事。"年轻的小姐答应了画家的请求。但其实她的针线活儿做得真的很普通，针脚大小不均不说，剪裁也很粗糙。但是，除了我的内衣外，其他破烂的衣服都被脱了下去，这让我感觉很舒服。"这是什么？难道是她的名字？"年轻的小姐和法利先生看着我内衣上绣的字，仔细研究了半天，才从那略有些痕迹的淡粉色中猜出我叫"海蒂"。

"真是个朴素的好名字！我猜她一定经历过很多惊险的事儿。"法利先生饶有兴味地研究着我。说实话，我真的很想把我的一切经历都讲给他听，但是，我不能。

"你会为我带来幸福和快乐。"一天，法利先生一边用干净的画布条替我擦拭身体，一边轻声说。不知为什么，我真的很喜欢他对我说话的语气。当天下午，当一位可爱的金黄色卷发的小姑娘坐在我面前时，我懂得了法利先生的用意。他希望我能帮助他去逗小姑娘，好让她可以安静地坐得更久一点。他让小姑娘拿着我，一边画一边编着故事，说我是怎样被藏在干草棚里的，而我的故事要远比他讲的惊险多了！我忍不住在心里这样想。但是不管怎样，小姑娘听得很入神，法利先生的目的总算是达到了。最后我俩的肖像看上去都很成功。

从此，法利先生拥有了更多的客户，而我也就成了经常上岗的艺术模特儿。我很喜欢这个新职业，因为这比只是陪伴一个小孩子更让我有职业的成就感。后来，法利先生还带着我到处旅行，我曾经出

第十四章 新职业

现在很多个小姑娘的肖像画中，也出现在过"静物写生"里。不过我并不喜欢静物写生这种工作方式，比起和那些干草洋葱什么的挤在一起，我更喜欢被小朋友们抱在怀里。

有一次，当我照镜子时，不由得被自己吓了一跳。这还是我吗？当我的"父亲"——那个沿街叫卖的小贩刚把我制造出来时，他在我的脸上漆的是淡淡的亮粉色，那让我的肤色粉嫩嫩的，像刚开放的玫瑰花儿。可现在，我的肤色变得阴沉了，只有一小部分隐约能看出亮粉色。眼睛的蓝色，也不再是明蓝色，而是被磨损后的蓝色，有一丝风尘感。身上花楸木的纹理也渐渐显露出来，肤质再也不像以前那么细腻。不过，法利先生还是很愿意带着我到处写生，因为他认为我比那些瓷娃娃更好一些，用他的话说，就是"没有那种让人难处理的高光区"。这让我有几分得意。

重访纽约和费城，并没有让我得到一点关于普雷布尔一家或其他老朋友的消息。我们一直向南，要去新奥尔良。坐上有着大轮桨的轮船的那一刻，一向以见过捕鲸船、贸易货轮还有小帆船而自豪的我，才发现坐在这样的船上也别有一番风味。轮桨把密西西比河水搅得像牛奶一样白，当然，只是瞬间的工夫，河水哗哗地流淌着，推动着船继续向前进。我被法利先生放置在一个大木盒里，那儿还有他最珍贵的颜料和骆驼毛画笔。如果没有那些优美的风景使他跃跃欲试，我就只好被闷在盒子里，什么也看不到。可是，当他看到美丽的风景时，盒子便被打开，我就可以迎着密西西比河上的风，欣赏那些秀丽的景色了。

这条难以驾驭的河流流经北美大陆最肥沃的农田，两岸风光旖旎。西岸是一望无际的草原，绿色的波浪逶迤而去，在远处同蓝天连成一片，融会成一个整体。你只要看到法利先生用大片大片绿色绘制的图画，就可以感觉出那草原有多么辽阔。星星点点的"花"开在广阔无垠的草原上，原来它们是三四千头野牛在草原上漫游。

东岸的风光与西岸不同。各种颜色的花草盛开在河边、山巅、岩石和幽谷里，散发着各种气味。大树高耸入云，野葡萄、喇叭花在树下交错生长，往树枝上攀缘，它们从槭树延伸到鹅掌楸，从鹅掌楸延伸到蜀葵，形成无数幽深的"洞穴"、无数美妙的"拱顶"、无数高大的"柱廊"。"这不行！我简直无法用笔画出这秀丽的风光了！"法利先生不时叹息着，试图用笔描摹出那壮观的景象。

新奥尔良嘉年华在全美国都非常有名气。在所有的美国城市中，新奥尔良人最热衷于举行派对，一年的大小嘉年华不计其数，几乎每天都有游行和节日。我们到达新奥尔良时，恰逢这个城市马上要举行盛大的嘉年华仪式，到处都是从世界各地拥来的游客，因此寻找住所成了头等大事。法利先生费了很大劲儿，甚至托了老朋友，才总算找到了两位老妇人，她们愿意把其中一个房间让出来给我们。老妇人的房子在法国人居住区，庭院里种植着各式各样的绿色植物，她们将花池、种植槽、花盆等重物设置在承重墙或承重柱上，月季、米兰、茉莉、玫瑰、迎春、石榴和唐蒲等喜阳花被放在高一些的地方。阳台是铁制的，探出屋去，从那儿向下看，可以看到鹅卵石。

安妮特·拉拉比和霍顿斯·拉拉比是这房子的主人，她们已经年纪不轻了，但还有一个比她们年纪更大的黑人女佣，战前就在她们家了。

两位小姐年轻时肯定都是当地的美人，因为我从客厅里悬挂的大幅肖像画里，能够看到她们当初美丽动人的样子。霍顿斯小姐更年长和漂亮一些，她身穿淡黄色锦缎衣裙，黑发在耳朵后绕成圈，她的手指总是漫不经心地拨弄着吉他，发出悦耳的声响，但这让我很不适

第十四章 新职业

应。安妮特小姐斜靠在姐姐旁边，手里摆弄着一支玫瑰花。我不知道她们每天从那大幅肖像画前路过是什么心情，但是我的确注意过，她们偶尔瞥向那里的眼神里，饱含着无奈。

"亲爱的安妮特，你更喜欢哪个花车呢？是那种上面都是洁白的百合、端坐着公主的梦幻迷人的童话花车，还是那种摆着醇酒、美人的成熟风格的花车？"霍顿斯小姐跟妹妹小声地聊着天儿。街道上的人流实在是太密集了，那么热火朝天的集会与她们的年龄不太相称，所以，她们只好常常坐在阳台上聊天儿。

法利先生偶尔也让我到阳台上去看看街边的风景。天哪！那些身穿着五彩缤纷的印花布的黑色皮肤的人走过时，真的吓我一跳。女人们头裹着亮色的印花棉布，有的还顶着篮子，男人们叫卖着各种器皿。他们的发音似乎并不是很清晰，有人说是法语，可连在法国巴黎生活过的法利先生也听不清他们到底在说些什么。

这是一个安静的家庭，但是有时也会有年纪很大的先生或女士摁响门铃，然后被请上楼来，与两位小姐叙旧。这样的机会并不是很多，但此后就会听到两位小姐兴奋地议论上好几天。

"劳伦斯太太的身体保持得还是那么好，真是让人羡慕。听说她儿子已经是大学教授了。啊，多么令人羡慕的一家呀！"霍顿斯小姐说。

"可不是，如果你当时不拒绝劳伦斯，你的儿子也会成为大学教授的。"安妮特小姐说。

"不能这么说。谁知道事情会朝哪儿发展呢？"霍顿斯小姐不愿意继续这个话题，转身走进了客厅。

有一回，法利先生把我带到两位小姐的客厅里，给她们展示我这个奇怪的娃娃，按照他的话说，我是一个"很有经历的"娃娃，因为他从我身上看出了很多别人看不出来的东西。这让我觉得很骄傲，你知道，能够被人理解，是一件特别快乐的事情。

霍顿斯小姐用她那象牙白的手指轻轻地抚摸着我，安妮特小姐则一直用她那黑色的大眼睛盯着我看，她们就像在我身上发现了她们年轻时的影子一样，变得兴奋起来。"法利先生，你真的应该给你的娃娃做一身更体面更精致的衣服，那样，她会显得更加高贵。"两位小姐建议说。

这是个好主意，但是，谁能来完成这项任务呢？

一天，一位个子矮小、胡子花白、脚穿一双漆皮鞋的先生来拜访，法利先生也被请去做客。她们说，那先生是她们哥哥的老朋友，是特意来拿母亲原来的精致的刺绣连衣裙作为"棉花博览会"的展品的。

"能参加博览会，这个主意不错。至少听上去这是一件非常有意义的事儿。有了！我们可以把这个娃娃打扮成我们年轻时的模样，让她来代替我们参加这个盛会！"霍顿斯小姐说。

"这个娃娃脸上总有那种说不出来的神秘感，让人看后简直不能忘记。法利先生，你愿意让我们以她为模特儿，为她添制一套精致的与众不同的新衣服吗？"安妮特小姐问。

"当然！当然！她叫海蒂。我当初得到她时，从她的内衣上知道了她的名字。请您以后这么称呼她好了。"法利先生真的很高兴。

"海蒂？噢，真是一个朴素却有内涵的好名字！"霍顿斯小姐将两只手握在一起，一副很感动的样子。我不知道她又回想起了什么，但很显然，这个名字让她触景生情。

"你们的建议真是太绝妙了！要知道，接下来的一个月，我要去种植园画画，那儿真的不适合一个这样小的娃娃，她更需要热闹一点

第十四章 新职业

儿的生活。有两位照顾她，我就放心了，况且她已经陪我这个单身汉太久了。"法利先生说的是真心话。

霍顿斯小姐和安妮特小姐把我带到楼上的房间里。那儿完全是另外一个世界。玻璃天顶上悬挂下来一个黑色镀金挂钟，每到整点就发出"当当"的声音。壁炉正中位置放着一位身材修长、穿着绣花背心的瓷质男子塑像，他的神色看上去是那么傲慢，压根儿没把任何人放在眼里。不，也许并不是傲慢，只不过是漫不经心罢了。他是两位小姐的父亲当年从法国巴黎带回来送给她们的礼物。他被称为"罗密欧先生"。安妮特小姐每天都要踩着小凳用干净的麻布擦拭他，并且在他的两手间换上一支盛开的花。直到我后来读了《罗密欧与朱丽叶》，我才知道为什么"罗密欧先生"会在两位小姐心中占据着那么重要的位置。家具是红木或者花梨木的，样式古老，但是质地上乘。这些，都是两位老妇人的父母留下来的，多少年来都没有变化。

对于两位拉拉比小姐来说，为我设计服装是一件很严肃的事。首先服装的质地必须是棉质，因为博览会的主题就是"棉花"，所以选择布料让她们为难了好几天。终于，一天早晨，安妮特小姐怯生生地提出了自己的看法。

"姐姐，你觉得那块婚礼手绢怎么样？"她说。

"嗯，我也在考虑这个问题。那么，我们把它找出来，看看适不适合吧。"霍顿斯小姐点点头，头上的梳子闪着金光，耀眼得很。

女佣帮她们拖出一个旧的大皮箱，打开后，从里面翻出一套缎子裙装。那是一套色彩浓郁得令人目眩的衣服，而且质地考究，摸上去手感润滑。这套结婚时才会穿的丝缎礼服，还搭配有小巧的带着缎带的尖头拖鞋，一块洁白的蕾丝面纱和一副精致的白色蕾丝手套，那些蕾丝花边是那么纤细而柔美。一本银白相间的祷告书也被放在里面，还有一块棉质的手绢。这些应该都是她们的外婆、妈妈、阿姨们出嫁时候的物品，一直以来都被好好地保存着，每年只是拿出来晒晒太阳，然后又收起来。

两姐妹小心翼翼地把它们从箱子里拿出来，一件一件细细打量着，欣赏着，就像从未看到过一样。当她们把那块手绢拿出来时，更是忍不住感叹了很久。

"唉，这是咱们的曾祖父送给曾祖母的礼物呢！当时，他把遥远的种植园里出产的棉花让人织成细布，然后做成手绢送给了曾祖母。"霍顿斯小姐轻轻抚弄着手绢说。

"可不是，咱们曾祖母亲手把她在法国修道院学到的刺绣手法用在了这块手绢上，这个花纹也是她最喜欢的呢。"安妮特小姐说。

"是啊，后来咱们家里每逢有姑娘出嫁，它就会跟着一起出现在婚礼现场。"霍顿斯小姐说，"遗憾的是我们都不会再用到这块手绢了，可你本来是可以成为一位特别漂亮的新娘的呀！安妮特，我真觉得你太可惜了。"

"姐姐，其实那也没什么。"安妮特小姐说，"你曾经为朱利安·查佩里等候了那么久，可还是在北方佬攻打维克斯堡的时候失去了他。"

"我并不是唯一被北方佬夺去爱人的人。唉，这种事太残酷了，实在是太残酷了，没有人比你和我更清楚这一点。"霍顿斯小姐脸颊红红的，眼圈儿也红了起来。她又想起了伤心的往事。这一刻，我突然想起了为约翰·诺顿担心的露丝，那时我无论如何不会想到自己会生活在普莱斯一家所憎恶的人家中，而眼前的两位老妇人看上去是那么善良，这些事情真的远远超出了一个娃娃所能理解的范围。

"把她装扮成新娘怎么样，姐姐？"安妮特小姐突然有了新主

第十四章 新职业

意,"咱们曾祖母时期的打扮是最精致的,我一直这样认为。"

"这是个好主意!"霍顿斯小姐拍了一下手,脸上洋溢着为某种事激动而带来的光彩,"我们的曾祖母一定会赞成这个主意的!这会让人们记住棉花给我们的生活带来的好处。"

两个姐妹动用剪刀前,仔细测量了手绢的大小和我的各种身材数据,比如腰围、肩宽还有袖长等。她们还找出过去的裁剪书,进行精心的设计,然后根据需要裁剪出大量的纸样,逐一进行比较,把认为不能体现她们完美创意的图样淘汰出局,然后再挑选最精致的设计入选。有一句古老的格言说,每个新娘都要穿戴"一些旧的、一些新的、一些借的和一些蓝的",所以,我的内衣被留下来,在后背上钉上了一小段蓝色的法式绳结。只不过她们用别的棉布为我重新做了一套衬裙,这让我穿着很舒服。而她们用那块手绢设计的服装,简直可以用美轮美奂来形容。那细细的褶边,纤巧到似乎肉眼都看不见,但一个挨着一个,距离相等。针脚更细致得仿佛是用什么印出来的,我想,如果米莉·品奇小姐在眼前,也会对她们精细的手工佩服得五体投地。至于"一些借的",霍顿斯小姐认为不需要特意去做,因为我本身就是借来去参展的。

那些日子里,两位小姐连吃东西都觉得是浪费时间。她们夜以继日地在昏暗的客厅里剪啊,缝啊,试啊,还经常在一起对着我评头论足,考虑怎样才能让服饰更精致些,更能体现她们的创意,并且更符合我的气质。不用说,那段时间是我人生中最快乐的时间之一,如果你被人们以爱的名义而专注地对待,你也会满怀幸福与感激的。

那天下午,当最后一个线头被剪掉后,两位小姐静静地端详着我,比端详她们自己的容颜还要仔细。"这难道是我们的手艺吗?这会是出自我们的手吗?"安妮特小姐用手指轻轻触碰了一下我的花边面纱，惊叹地说。她简直无法置信，一位端庄大方、古典高雅的新娘子出现在她们面前。

"这是圣人借我们的双手打造出来的！一定是这样！"霍顿斯小姐说。

我无与伦比的美丽让她们心潮澎湃。我的装扮，是她们曾经在梦里设想了多少次的啊！那些她们永远不会穿上的新娘装，就这样呈现在了眼前。她们的心情可以用心花怒放来形容，但眼睛却都湿润了。

她们的朋友——那个老先生实现了他的承诺，于是，我被放进博览会的展厅里，并占据了一个中间层的位置。我全身上下装扮齐备，手上还握着一束用蕾丝缎带捆扎起来的纸制花束。在我面前摆着一张卡片，上面介绍了我的新娘服装是由两位女士用织法最精细的棉布制成的。每天来参观的人很多，总有很多人在我眼前驻足，遗憾的是，由于隔着橱窗的玻璃，我听不到他们称赞的话语，但我知道，我是他们关注的焦点之一。

现在的服饰真的与以往大不相同了。那些褶皱很多的裙子，紧身的上衣，还有裙里的撑架，都与以往不一样。那些女士，头顶着比蝴蝶结大不了多少的软帽，而发型除了卷发外，还有那种瀑布式的发型。说实话，每天看着那么多小女孩被爸爸妈妈领着在我面前走来走去，我难免有些伤感，但她们对我的喜爱之情稍稍宽慰了我，无论时间怎么流逝，裙子的长短怎样发生变化，可娃娃还是娃娃，我一直是她们心目中特别想要的一个玩具。

一天傍晚，我注意到一位身材魁梧、皮肤黝黑的人带着一个小女孩前来参观，不，他们好像已经一连出现了好多天了。那个小女孩每天一被父亲领进博览会大门，就紧紧地贴在玻璃展柜上盯着我。她那双小眼睛里满是渴望，好像想把我吞进肚子里一样。小女孩大概有

第十四章 新职业

八九岁，虽然瘦瘦的，但是感觉浑身都充满了旺盛的精力，我觉得用"我的小马驹"或者"野生的小鸟儿"这样的词来形容她再合适不过了。

她是那么关注我的一切，所以，当那天负责人带着一些贵宾前来参观时，她密切地注意到了那把钥匙——为了展示我的质地，负责人用它打开了展柜，把我拿出来给那些贵宾看。然而，当他把我放回去后，却由于别人打扰，忘记把钥匙拔出来了。女孩迅速地凑上前来，悄无声息地扭动钥匙——当所有人都随着队伍继续前进后，我，已经被她紧紧地抱在怀中，然后"嗖"地一下塞进她随身带着的那把红绸伞里，这不可思议的一切竟然都发生在一瞬间。随后，她若无其事地走出了展厅。

当所有人都知道我被"偷"走了时，那个女孩已经走在了大街上，她的心情依然非常紧张，你看她的脸色就知道了，嘴抿得紧紧的，眼睛直勾勾地看着街道两旁的景物，但其实她什么也没有看到。她没有引起任何怀疑，从门卫身旁经过时也没有，因为她的神色看上去还算平静，既没有奔跑的步伐，也没有急促的呼吸或慌乱的眼神。这真是一个善于伪装的孩子！

"等我们的棉花制品都装满后，我们就起航。"那位身材魁梧的男人告诉女孩。而那时，我还被藏在那把红绸伞里，在那儿我被挤得要命，伞骨戳到了我身上，我知道肯定也压住了我的面纱和裙边。就这样，我被带上了"晨耀号"，那是一艘汽船，一般在新奥尔良和密西西比河之间来回往返，运来大捆的棉花，然后再运回其他一些商品。

我再次到了一个船长女儿的手里，又要开始一段危险的旅程了。这对我这样一个饱经风霜的娃娃来讲，甚至有点期待，要知道，我可

第十四章 新职业

不是一个普通的娃娃,惊险与传奇可能就是我命运的主题吧。

但是,很显然,我是无法公开被带到甲板上的,即使是在自家的船上。

萨莉·卢米斯已经把我悄悄转移到了船舱里,藏在一个柳条筐中,但是她很少把我拿出来玩。而且,她看我的眼神也非常奇怪,有时是一点欣喜,有时是惊讶,有时甚至是敬畏和胆怯,真是个复杂多变的小孩子。她对我的态度也是一样,有时会紧紧地把我搂在怀里,喃喃地跟我说几句话,有时又会猛地把我一扔,好像我是一个负担,要把我除掉一样。看来,这并不是一个好脾气的小姐。萨莉·卢米斯的妈妈身体很差,萨莉还是个婴儿时,就被父亲带在身边,所以她根本不会与别的孩子交往,更不知道该怎样对待一个娃娃。

"来,萨莉,你听听这个。"一天,船长这样对萨莉说,"这上面讲的就是你特别喜欢的那个娃娃的事儿。"接着他就开始读报纸上的这段话:

棉花博览会上娃娃神秘失踪事件

受损方解释玻璃柜中珍贵展品失窃的经过——拉拉比姐妹用传家之宝制成嫁衣——警方在寻找每条线索——悬赏。

"上面说是昨天下午发现不见的。这张报纸是三天前的,那么就是三天前的一个下午——咦,那不是我们出发前的下午吗?那时娃娃还在那儿呢,你还看到她了。是不是,萨莉?"船长根据当时的情况推测道。

萨莉什么话也没说,嘴巴闭得紧紧的。

"听说,当时负责人只是离开了一分钟,等他回来后,钥匙还在，可娃娃不见了。据说这个娃娃是用最古老精致的棉布制成的，有一定的科学考察意义，而且设计服装的老姐妹俩的家族是棉花纺织行业的泰斗。他们以为是某个管理员拿走的，但查问了半天，没有人承认。"

"爸爸，他们会怎么处理这件事？"萨莉终于出声了，但她更关心的是这个问题。

"会移交给警方。假如偷娃娃的人没能主动交出娃娃，被查出来后就会像对待其他小偷一样，被关进监狱里。"这时船长显然已经在翻看其他消息。

而此时萨莉却高声唱起了她新学的一首歌："我不在乎乔，哦，不，不，也不在乎约瑟夫，也许他知道……"她一边唱还一边夸张地打着手势。但当溜回自己的船舱后，萨莉就不再唱了。她把我拿了出来，然后以一种很奇怪的表情盯着我，轻轻地说："我才不在乎那个破报纸说什么呢，更不会把你交出去。哼，我什么也不在乎，我绝对不能让他们发现你。"然后，她又走上甲板高声地唱起歌来，直到爸爸嫌她烦，让她快去睡觉。

他们没再聊过关于我的话题，也许船长已经觉得没有这个必要了吧。萨莉只能偶尔把我拿出来玩耍一小会儿，她防备着所有人。当她把我从盒子里拿出来时，我能透过船舱窗户隐约看到那些在甘蔗田或棉花田里忙碌的黑人的身影，还能看到一些长满苔藓的大树和树下白色的房屋。我期待着能看到更多的岸上美景。

机会终于来了。一天下午，船长决定去拜访一个老朋友。他让船停在一个旧码头上，自己拎着礼物上了岸。他要去很远处的一个种植园，可能是谈论与载货有关的事情，所以不能带着萨莉，但他同意萨莉在附近转一转，玩一玩。萨莉看水手们都没兴趣上岸，而且也没人

第十四章 新职业

注意到她,就大着胆子把我装在草编篮子里带上了岸。

那会儿正是炎热的中午,太阳像火一样炙烤着大地。一股浓重的暖烘烘的气味儿扑鼻而来,气味儿并不新鲜,尤其是当你坐在几个浑身黝黑得发亮的小孩子身边时。萨莉在看不到船后,早已经把我大模大样地搂在怀里,好像我原本就是她的。

她抱着我来到一个教堂,那儿有一场精彩的布道。很多人拥挤在一起,其中还有很多小孩子,蜜蜂、苍蝇和一些细小的飞虫在人群中嗡嗡乱叫着,使这里显得更加燥热。萨莉抚着我的身子,摸着我的漂亮衣衫,心里满是得意,这从她的眼神能够看出来。但是,当牧师用他那特有的洪亮嗓音讲了下面一番话时,她的眼神愣住了。

"各位兄弟姐妹们,你们是上帝的忠实朋友,从出生以来,你们一定坚持着不做违反道义的事。我要告诉你们的是,你们的选择是正确的。因为上帝告诉我们,如果有人违反教义进行偷盗,那么他一定会受到惩罚,那是谁也替代不了的。"牧师边说边挥动着双手,似乎要强调他的说法的正确性和严重性。

听到这儿,萨莉抚摸着我的手停顿了一下,两眼直勾勾地盯着牧师。

"兄弟们!姐妹们!我知道你们中有一些人已经做了错事,甚至犯下了不可饶恕的罪行。那么,请忏悔吧!没有谁能够在上帝的眼皮底下蒙混过去,就算是刚出生的小孩,上帝也能看透他的内心。让我们忏悔吧!阿门!"

接着,牧师走下讲坛,朝河边走去。他的身后跟随着抱着婴儿的年轻妇女,还有几个年迈的男人,以及一大帮半大不小的孩子。队伍虽然混乱,但是大家都情绪高涨,毫不迟疑。萨莉也抱着我,跟着队伍来到了河边。牧师说的每一个字都深深地扎进她的耳朵里,是的,就像尖刺一样扎进她的耳朵里，使她整个人都呆住了，我还从来没有在其他孩子身上见过像她这样的失魂落魄的表情。

"让我们用河水来净化我们的心灵吧！来吧，我的朋友们，我的兄弟姐妹们！"牧师直接蹚进了浑浊不堪的深棕色的泥水里，其他人也没有犹豫，一个接一个地走进水里，等待着牧师给予洗礼，连抱着婴儿的女人也主动把孩子交给别人，自己扑通跳下水去。"又一个灵魂被拯救了，这是多么光荣的事！"当牧师把每一位浑身湿透的受洗者送回岸边时，都会这样喊叫着。

大家都忙于受洗，没有人注意到天色正在变暗且闪电正滚滚而来，所以当震耳欲聋的雷声突然响起时，河边一下子变得混乱起来，人们都惊慌失措地从河水里站起来，向岸边跑去。从他们脸上的表情来看，我想他们应该是把这雷声当成了上帝的警示。牧师也一边继续说着劝诫的话，一边急忙离开河水，躲进岸边的小屋里。

萨莉被这突如其来的雷声吓坏了，她仰面跪在河边，哭喊起来："上帝啊！我并不是有意要那么做的，请原谅我吧。我不是一个坏人，你千万不要责罚我！现在，我就把她还给你，还给你！"萨莉疯狂的样子让我十分害怕，本能地，我感觉到将要有一个祸事发生，而我将成为那个祸事最大的受害者。

果然不出所料，萨莉奔跑起来，她疯狂地跑着，想尽快回到船上。但是，当我们离船还有几十米远时，突然，一道闪电划过黑暗的天空，接着，一声响雷打在岸边的一棵大树上。"咔嚓"一声，那棵树的主干被拦腰截断，紧接着暴雨倾盆而下。这景象真的十分恐怖，即便是一个有阅历的成年人可能都无法承受，更何况是一个年幼的女孩。萨莉以为这正是上帝对她偷盗行为的惩罚，因此心理的最后一道防线彻底崩溃了。

第十四章 新职业

"难道你真的会怪罪一个年纪幼小而且什么都不懂的女孩子吗?我已经为自己的行为感到难过了,请不要怪罪我吧。我并不想那么做!我不会一直把海蒂留在我身边的,我要把她还给你!原谅我吧,上帝!只要你愿意,我愿意把她交给你。只要你能让我安全地回到船上,回到爸爸的身边,你让我做什么都行!"萨莉大声哭着,跌跌撞撞地向前走去。不!是连跑带爬,她已经被牧师的那番话和这阵暴风雨给摧垮了。

天哪!该是我叫上帝来帮忙才对吧!我清楚地知道,萨莉下一步将会有什么样的举动,而那是我不想看到的。当你像我一样经历过那么多难忘的事情后,就知道我的直觉有多么准确了。

第十五章
学到新知识

一切都让我猜到了——萨莉·卢米斯跌跌撞撞地跑向河边，只不过是想把我扔进浑浊的密西西比河里，而且是在暴风雨来临的时候。但是，我很理解她，因为我曾经饱经沧桑，知道每个人都有不得不做的事情。很久以后我还在想，萨莉到底有没有安全地回到"晨耀号"船上呢？当她再去教堂的时候会不会向牧师做了忏悔呢？当然，也有可能我已经被萨莉从她的记忆中抹去，就好像我从来都没有出现在她的生活中。从某种意义上讲，这也未必是什么坏事。

摩西并不是唯一一个乘着柳条筐在河上漂流的人，您当然能理解我这话的含义。只不过，当初在小感恩家听到的故事里，摩西并不是一个人在漂流，而是有姐姐的看护，而我显然没有这样好的待遇。我一个人在密西西比河汹涌的波涛中随波沉浮，那两位善良的小姐为我做的新娘装也已经完全湿透了。

谁也没有大自然有力量，这是我从多次惊险的经历中得到的启示。不过就是在河里漂流罢了，对于早已对自己是一个"幸运儿"坚信不疑的我来说，根本就不用为这些意外情况担心——顺其自然是最大的智慧，当你实在无法把握自己的命运之时。

在印度河中漂流的摩西，遇到了一位埃及王子。我，也终于停下来，但并不是停在芦苇丛里，而是停在码头上的一堆旧木头里。救我的是几位黑人小孩子，他们乘着平底船在捕捞什么有价值的东西，但

第十五章　学到新知识

他们的确是我的"王子",至少在当时是这样。

"库奇,快!看那边有个篮子,把它捞上来!快一点儿。"几个孩子闲着没事,迫切地希望从这堆木头中得到些有用的东西。

我明显地感觉到自己被什么钩子钩住了,力气虽然不大,但几个人嘿哟嘿哟地叫着,显然在迫使我朝着岸边靠过去。

"你猜篮子里会是什么?一块大黑面包?还是一瓶啤酒?"孩子们在河边玩耍的时间多了,遇到的多半是水手们随手抛下来的东西。

"我猜可能是谁不小心丢下来的衣服。要不,怎么能在河上漂这么远?"有个男孩子说。后来,我才知道,这个男孩叫库奇。

当篮子被打开结果揭晓后,几个男孩子都咯咯地笑起来。"送给你一个新娘子!哈哈,好漂亮的新娘子!"半懂不懂的男孩子正处于青春的朦胧期,他们对未来对女性有着某种程度的好奇心与羞涩感。

"给我吧!我要把这个娃娃送给妹妹卡琳!"库奇看了我半天,虽然我浑身湿漉漉的,但我一直好脾气地笑着,这是我能够安全度过危险境地的法宝。

他们并没有停止捕捞工作,而是把船划进了一个支岔,又在那儿忙活了很久,直到太阳都要下山了,才划船回家。我一直在船底脸儿朝天躺着,身上是污泥被清洗但没有洗净的浑黄色。棉布就是这样,如果洗不干净,很容易改变颜色。

我开始和一堆鱼钩、一个渔网与一群活蹦乱跳的鱼待在一起,后来,又来了一只青蛙和一只海龟。那只海龟很吓人,我能看到它那锐利的眼神,于是吓得只好望着天空默默发呆。"不管怎么说,我已经逃离了随波逐流的境地,这是一件幸运的事。虽然我的漂亮衣服已经湿了,还弄脏了,但是,太阳真好,照得人暖洋洋的,衣服也会慢慢晒干的。"

男孩子们把船拖到一片泥地里停好，然后就拿着战利品回家了。他们都住在一所大房子附近的木屋里，那座大房子有着白色的柱子，显得很气派，房子前面还耸立着一些长满了青苔的老橡树。原来，这些木屋是种植园里的雇工们住的地方。那个季节，庄稼都收割完了，棉花采摘后也被送走了，工人们的工钱刚刚到手，每个人都兴高采烈的。

"卡琳，猜猜我今天给你带回来了什么好东西！"库奇进屋后，虽然半天没适应屋内的黑暗，但还是兴奋地问道，并且把我悄悄藏在身后。

"什么？库奇，不会是一只癞蛤蟆吧？"搞笑逗乐是男孩子们的专利，包括调皮捣蛋吓唬女孩子。

"你保证猜不到！我给你三次机会。"库奇笑嘻嘻地说。

"什么三次机会！我只要一次，就保证搞定。"卡琳，那个有着漂亮眼睛的女孩子突然从黑暗中钻出来，猛地靠近哥哥，一把把我从他身后抢了过来。

"呀，这是什么？难道是个娃娃？"卡琳真是惊奇极了，她睁大眼睛端详着我。

"娃娃？你从哪儿弄来的？"一个显得有些沧桑的声音问，原来是正在煮玉米蘑菇浓汤的库奇妈妈，"又是你从那个大房子里拿来的？"

"不，怎么会呢！这是我和汤姆他们在河边捞回来的。她那时躺在一个柳条篮子里，我们还以为里面是啤酒呢。"库奇连忙解释着。

"那么，这样一来，她就是我的娃娃啦！"卡琳把我紧紧地搂在怀里，丝毫不介意我那身被泥水泡过的黄黄的衣裳。

库奇的妈妈笑了起来，说："老天，看来那河上可真够丰富的。

第十五章 学到新知识

明天你们再去瞧瞧，说不定还有王子也在河里呢！"

孩子们总在木屋外的泥地里跑跑跳跳，他们开心的叫声和愉快的歌声，让人觉得非常优美和谐。卡琳总是带着我，她不愿意让我单独待在一旁。傍晚，当孩子们都躺在门阶旁睡成一团时，男人们开始弹吉他或者拨弄班卓琴弦，那曲调或甜美或忧伤，偶尔我能听出歌里面唱的是《圣经》里的故事，比如诺亚方舟和大卫王、约拿和鲸鱼。第一晚我听到这音乐的时候，就想起了在那个孤岛上土著人敲击木鼓的声音，它们虽然节奏和风格截然不同，但都那么动人心弦，与我在华盛顿广场时欣赏到的华尔兹和波尔卡完全不一样。

当圣诞节来临时，大房子里总会举办一场盛大的派对，所以每个人都必须投入到紧张的准备工作中，哪怕是最小的小孩。我希望卡琳能时时带着我，让我陪着她去做那些事情。圣诞夜快到时，每个孩子都洗得干干净净，然后穿上了节日盛装，卡琳穿上了一身鲜艳的红色裙装，就像一朵红色的木棉花一样漂亮。她还要来了一小块棉布，想为我也做一身新衣服。但她毕竟不会使用剪刀和针线，所以只好在一块布上剪了两个洞，套在了我的胳膊上，不过能有东西遮一遮我那残破的新娘礼服，我还是很开心。

"站直了别动！老实点儿！"海特是卡琳的姐姐，她在细心地给妹妹梳头。卡琳的头上一共梳了十一条小辫，然后又用一个发卡给拢了起来。海特可不像脾气温和的卡琳，她非常严厉。"你必须比平时更漂亮些，要不怎么去大房子那儿参加宴会？"这话让我感觉到她那强烈的自尊心。

大房子里住着上校和他的女儿们，他们是慷慨大方的一家，而且从来不会瞧不起人。餐厅的长桌上摆着丰富的食物，从火腿布丁、鸡肉馅饼到三文鱼汉堡包，应有尽有。屋里被装饰得就像童话中的仙境，窗户和楼梯被装饰成绿色，窗帘是灰色中夹着金丝的麻布，图案低调而活泼。成百上千支蜡烛被点燃了，照得镀金镜子闪耀着钻石一般的光芒。

上校和他的女儿站在客厅的一张圆桌旁，那张桌子上摆着很多大小不一的礼盒。一位身材丰满、打扮入时的小姐和她的两个儿子，正在为大家分发礼物。另外，还有一位身材苗条、有着明亮的蓝眼睛的小姐——霍普小姐，站在一旁维持秩序。所有的孩子就像一群小蜜蜂一样冲向桌子，卡琳也不例外，但是男孩子们太能挤了，年龄大些的姐姐们力气也很大，所以卡琳总是被挤到边上，半天也没有拿到礼物。"不要挤，孩子们！都会有的。大家都有一份。"霍普小姐安慰大家，然后，她特意叫卡琳到她身边去，帮助她凑到了桌子前。得到特殊关照的卡琳高兴极了，一个劲地咧着嘴冲霍普小姐笑，并把我紧紧地抱在怀中。

可能是因为卡琳的红色衣裙衬得我格外好看，也可能是因为霍普小姐对我有特殊的感应，"啊，这是怎么回事？"我听到霍普小姐发出了一声惊叹。她从卡琳手里接过我，她的手很白，纤细的手指上戴着漂亮的蓝宝石和红宝石戒指。"劳拉，你看，这不是以前我们在博览会上看到的娃娃吗？她后来被人偷走了，人们还找了很长时间呢！"她对她的姐姐劳拉说。

劳拉正在忙着分发礼物，只是顺口答应一声，后来她也俯过身子来仔细观察着，然后说："我想应该就是她。她脸上的表情和小小的样子我记得很清楚。但是她怎么会变成这个样子呢？"

姐妹两个又把我拿到灯下仔细观察，然后把套在我身上的卡琳新做的衣服取了下去，这样我的那套棉布新娘装就露出来了。

"你看，真的是博览会上的那个娃娃呢！"霍普小姐说，"可

第十五章 学到新知识

是她怎么会出现在这儿呢?"于是她把卡琳叫了过来,可卡琳太害羞了,半天什么也没说出来,直到库奇也被叫了来,才把在河里发现柳条篮的经过一五一十地讲了出来。

"可她是被偷走的,我们必须要把她送回去!"霍普小姐坚定地说。

听霍普小姐这么说,卡琳"哇"的一声大哭起来,她把头埋进妈妈怀里,头上的十一根小辫也因为她的抽泣而颤抖着。

"你们跟我来。"霍普小姐觉得非常抱歉,因为桌上的娃娃已经发没了,怎么解决这个难题呢?后来,她想了想,一手拿着我,一手拉着卡琳上了楼。楼上房间是霍普小姐的闺房,楼梯上铺着羊毛地毯,走路时一点儿声音也没有。她的房间很大,梳妆镜的两边点着两支蜡烛,那些纯银和象牙的梳妆用具在烛光下散发出圣洁的光芒。那张带幔帐的大床旁边摆着一大束玫瑰花,幔帐和窗帘上也绣着很多玫瑰,一股清幽的玫瑰花香弥漫在房间里。房间一角摆着一个玻璃门的柜子,我依稀能够看到里面摆放着一些瓷器和玩具。

霍普小姐把我放在桌子上,然后走到玻璃柜旁,拿出了一个娃娃。看得出那娃娃非常名贵,她的皮肤是用小山羊皮做的,骨架是细瓷的,连头发都是真的金发,光滑柔顺地披在白色的褶皱裙上。

"真是不好意思,卡琳。我要帮你的娃娃回家。现在,我把这个娃娃送给你,这是我父亲从法国带回来的。那是我小时候的玩具,我妈妈还亲手给她做了一身衣服。"霍普小姐用手轻轻地抚摸了一下娃娃,眼里流露出不舍,"现在,我把她送给你了。"

"真的吗,霍普小姐?真的是我的了吗?"卡琳不敢相信地看了一眼霍普小姐,然后就紧紧地盯着那个羊皮娃娃,再也不肯挪开视线了。

"快看霍普小姐送我的娃娃！是真正的羊皮娃娃，像公主一样漂亮哦！"下楼时，卡琳洋洋得意地举着新娃娃，早已经把我忘在了脑后。唉！你怎么能要求一个并不懂得你真正价值的孩子对你保持永久的忠心呢？大家围过去看新娃娃，啧啧赞叹起来。霍普小姐礼貌地笑着，虽然她真的非常不舍——那毕竟是父母送给她的礼物。

"天哪！天哪！你到底经历过怎样的磨难？我简直不敢想象，你不是端坐在玻璃展示柜里吗？是谁让你流落到这儿的？"霍普小姐一边帮我脱衣服准备清洗，一边心疼地叫着。她的话语里有着真正的心疼，这让我心里一阵温暖。

很快我被清洗干净，衣服也被仔细地缝补了一遍，对于实在不能缝好的部分，霍普小姐惋惜得要命，她气得面孔发红，跺着脚说："是谁干了这些坏事？把这么精美的结婚手帕布料弄成这样！要知道，它可是像古董一样珍贵啊！那是用传统纺织技术织成的呢！"

我现在觉得很幸福，特别是当老霍普先生这样夸奖我的时候："这是一位外貌美丽而又非常有性格的女士。现在，这样的好姑娘已经很难见到了。"他的这番话让我细细品味了好几年，要知道，能从一位绅士口中听到这样的话可不是一件容易的事情。

霍普小姐虽然万分舍不得，但还是决定把我送回新奥尔良。她给朋友写信说："亲爱的朋友，我要拜托你一件事。你知道吗，我遇到了一个奇迹！咱们曾经在棉花博览会上参观过的那个引起轰动的穿着新娘装的木娃娃，就在我的手边呢！谁会想到，那样一个美丽可爱的娃娃，竟然遭遇过不幸。现在，我决定把她邮寄给你，拜托你帮我把她交还给她的主人。我认为，这是最好的选择。"至于我是怎么来到这里的，她当然也详细地介绍过了。然后，她把我连同我剩下的那些衣服一起装在一个铺了棉絮的木盒里，寄给了她的朋友。

第十五章 学到新知识

我也不知道自己在路上走了多长时间,直到一天下午,我被从木盒中取了出来,阳光晃得我直发晕。眼前是两位先生和一位小姐,但显然他们对我并不像霍普小姐那么喜爱。"就是这个娃娃吗?她看上去并没有什么特别之处啊。我真弄不懂,霍普小姐怎么会大费周章地把她邮寄给我们。"一位先生有些懊恼地说,他原本以为盒子中的我至少应该是精致华丽的。

几个人找到了两位拉拉比小姐,但霍顿斯小姐正生着重病,两人也没有画家法利先生的地址了。多方打听后,他们把我邮往了纽约。路上的颠簸就不必说了,我已经习惯于在任何环境下安然地生活。

我被邮递员装进了袋子中,投递了好几次。每一次我都从木盒的缝隙中听到他问别人:是不是有个叫法利的先生住在这里?可每次得到的回答都是:没听说过这个名字。每当这时,我的心都像落入了深渊一样。终于有一天,我听到一个男人说:"好吧,看样子这个邮件只能去死信办公室了。"

在死信办公室的日子对于我来说是一段黑暗的日子,每当听到一点声响,我都会想象自己马上就要被别人取出去砍成碎片或烧为灰烬,尽管我一直在宽慰自己,我是一个花楸木制成的"幸运儿",但我不得不承认,我之前的那种乐观精神正在慢慢地离我远去。

的确,没有什么事情的状态是永远保持不变的。终于有一天,我连同装我的木盒被人举了起来,并被晃得地动山摇。"来看这个木盒,它很轻,没准儿里面装着一条珍珠项链呢!"死信办公室里正在举行一次"抽奖"活动,当物件太满了之后,所有的邮递员就可以任意选择一件物品带走。我幸运地被一个人拿在了手上,他误以为我会是一条珍珠项链,当发现我只是一个木头娃娃时,他不禁露出了失望的表情。"有人想跟我换一下吗?"抽到我的人问。

"好吧，我拿这个上漆的肥皂盒换这个娃娃吧，虽然吃亏了点。"另外一个人说。这话实在让我难为情得没法再听下去了。

得到我的那个人手上拎着一个大袋子，用另一只手拿着我。路上，他烟瘾犯了，去买了一盒香烟。但是，当他再次拎着袋子离开时，却把我落在了柜台上。过了一会儿，我觉得盒子被打开了，一个胖胖的女人正仔细打量着我，"看看这个，"她说，"是个娃娃。我想应该是给孩子买的，就先放在架子上吧。也许，他还会回来找呢。"可是就在第二天，我却被误当作与我差不多包装的顶级烟斗卖了出去。

"这是什么？这难道就是我想要的烟斗吗？该死！怎么会有人犯这个错误？"说话的男人怒气冲冲地向身旁的同伴说，气得一把把我从桌子上推了下去。啊，如果我能尖叫的话，一定会尖叫起来！连我被萨莉扔进河水里时，都没有这么绝望，真的。那一刻，我觉得整个身子都要被震碎了，而且一起碎掉的还有我的自尊心。

"哼！我要找他们算账！"男人气呼呼地走了出去。之后他的妻子把我捡了起来，用围裙把我身上的灰尘擦去，然后把我放在了窗台上。窗外，可以看到进进出出的火车。原来，这儿是个火车站，进进出出的火车喷出黑色的烟，把一切都罩得雾蒙蒙的，我看了许久，才看清楚车站牌上写着"自由中转站"。这个男人是一个车票代理人，而他的妻子开着一个午餐小卖部。每天，她在家里做好各种馅饼和苹果派什么的，带到车站的餐厅里去卖。她真是一个有生意头脑的人，无论看到什么，都想尽快把它变成可以卖出去的商品。她认为，作为娃娃，我又丑又老，看上去没有什么优势，但是，我是一个很好的支架，也许改装一下，就可以卖出个好价钱。

我对她的想法一点头绪都没有，只好天天待在她的篮子里，看

第十五章 学到新知识

着她把线团和棉花等东西一点点置办齐全。一天，她把我的外衣脱了下去，保留了我的贴身内衣，找到了一块祖母绿的绸子，说是要用它来做外面的衣裙。虽然我的腿并不能很大幅度地运动，但至少，到必要的时候，我还可以晃荡一下。但现在，她用厚厚的纱布把我的腿紧紧地缠住了，我一点儿都不能动。现在，我觉得自己像个僵硬的木偶了。下一步，她又在纱布上包上厚厚的棉絮，我弄不懂她这么做到底是为什么，只是听说她要做什么"针线插垫"。对我而言，这个名词有些新鲜，但更令我痛苦。要知道，在炎热的夏季，捂上厚厚的棉花，实在不是一件愉快的事儿。而一想到将要有大头针插在我身上时，我的内心更是充满了恐惧。

"多么粉嫩的小脸儿！绿色的裙装也很适合她呢。"当最后把那块祖母绿绸布缝好后，她自言自语地说。后来我才明白，她把我变成针线插垫的目的是要带我参加教堂集市。那一天，会有很多人到来，人们会在集市上购买自己需要的物品，或者出让自己的小物件。

第十六章
回到故乡

　　集市贸易是那时最常见的贸易方式，人们在那儿能够得到自己想要的各种物品。当然，如果你家里有不需要的物品，也可以带去，让大家挑选。

　　集市上真的很热闹，可以用熙熙攘攘来形容，嘈杂的叫卖声不绝于耳。教堂集市是为传教士基金筹钱而举办的，很多人自告奋勇地捐献出自己的物品。看着来来往往的人，想到自己曾经在荒岛上被异教徒当作神明供奉起来，我就乐不可支——还有谁比我更有权利嘲笑这命运的多舛吗？

　　"这是什么？一个针线插垫，设计得很漂亮呀！瞧她的脸颊，粉嘟嘟的，像一个真正的娃娃呢！"有人拿起我，认真端详着。

　　"是不错，她的绿色衣裙也很漂亮，像翡翠一样。"有人呼应着。

　　"可是，我有太多的针线插垫了，我都不知道把她拿回家还能做什么用。"那人遗憾地把我放下，又朝前走去。

　　说实话，我很喜欢这个认真端详我的年轻女士，她穿着洁白的棉布裙子，金黄的直发柔顺地披在身后，映得那双蓝眼睛水汪汪的，像一片蓝色的海洋。

　　缘分！以我多年的经历，我对这个词早已有了新的认识，缘分才是让不同的人走到一起的根本原因，很显然，无论我多么喜爱那位女士，我也不可能成为她的朋友，因为我们没有缘分。

第十六章 回到故乡

"咦,这是什么?"一个叫麦琪·阿诺德的女孩子走过来,她那嫩绿的绸裙与端庄的面容,让我想起了露丝。"我可以把她送给姨奶露艾拉当生日礼物。她多么精致呀!就算不当作针线插垫,单纯地摆在那儿,也是一个不错的艺术品啊!"

麦琪的话让我扬扬得意起来。还有什么比被欣赏更令人心情愉悦的呢?

麦琪的姨奶露艾拉即将度过七十五岁生日,对一位家境优越的老寿星而言,一切能够用钱买到的东西,都已经不再新鲜。我这个针线插垫绝对不会是她所有收获中最珍贵的一个,但一定是个特别的礼物。麦琪这么认为。

露艾拉姨奶住在波士顿的老房子里,现在,她正在拆开所有的生日礼物。当她打开袋子把我拿出来并戴上眼镜开始读生日祝福卡片时,那挑剔的眼神足以让我心惊胆战。果然,她把我放下后说:"哼,瞧瞧,又是一个针线插垫。我真弄不懂麦琪为什么又送给我一个针线插垫,难道她认为我会用这些东西再缝制什么礼服吗?而且,我这一屋子的针线插垫,足可以给孤儿院每人分一个啦。"

下午,很多人来为露艾拉庆生。我坐在桌上,观察着、听着所有的动静。这是一个大屋子,雕花家具上摆着一些书,墙上挂着金框装裱的老画像,壁炉里有燃烧的火苗在跳动,这一切都让我感觉很舒服。一位披着海豹皮斗篷、戴着软帽的老妇人来拜访了,她很和气温柔,让我想起了老拉拉比姐妹。她是帕梅拉·威林顿小姐,是露艾拉姨奶的同学。两个老妇人惬意地喝着茶,吃着小零食,享受着美好的下午茶时光。

"那是什么,露艾拉?"帕梅拉·威林顿小姐突然指着我问道,她已经看了我好几眼了,不知为什么,我觉得一阵欣喜。

"哦,这是我侄孙女送我的生日礼物。不过是一个针线插垫,而且是个怪模怪样的针线插垫。我简直弄不懂她为什么要送这个给我,瞧瞧我那些针线插垫,多得都能开个博物馆了。难道她认为我会有数不清的针要插在上面吗?"露艾拉一提起这件事,就觉得愤愤不平,她为人家不能理解自己现在的心情而觉得委屈,"我都老成这样子了,还能做什么针线活儿呢?"

帕梅拉·威林顿小姐接过我,用手捏了捏藏在棉絮里的我的腿,然后戴上老花镜饶有兴趣地端详起我来。半天,她才放下眼镜,抬头说道:"说到针线插垫,她确实算不上有多么精致,不过,作为一个娃娃来说,要我看她还挺有意思的。现在可很少能看到这么有性格、有气质的娃娃了。"听到她的称赞,我觉得心情舒爽极了,那舒爽的感觉甚至一直传到了我那被棉絮紧紧包裹着的腿部。

"我还愁着不知怎么处理她好呢。你要是喜欢,就把她带回家吧。"露艾拉很高兴有人能替她把我解决掉。

帕梅拉·威林顿小姐听到后,更是开心极了,她说:"我的收藏里还从没有过这么一个有趣的小家伙呢!谢谢你呀,露艾拉。"

帕梅拉·威林顿小姐一到家,就迫不及待地扯下我的绿绸衣裙,又把缠在我身上的棉絮和纱布一层层撕掉。当她看到我完整无缺的腿脚时,我感到她惊喜得都要落泪了。

"哎呀!多么完美的木头娃娃啊!和我想象的一个样。"她激动地对女佣说,"你瞧,这件内衣上绣的字迹几乎都看不清了,但我敢肯定这是她的名字。她是一个年纪很大的娃娃,我觉得应该快有一百岁了吧。我记得我有位姨妈曾经有一个这样的木头娃娃,不过那个娃娃的造型和面部表情连这个娃娃的一半都比不上。"

"有这么大年纪了?不可能吧,夫人。"女佣不相信地上上下下

第十六章 回到故乡

打量着我,"她真的有一百岁了吗?"

"呵呵,你不用怀疑这一点。要知道,我都快一百岁了呢!"帕梅拉·威林顿小姐说,"你瞧,她的内衣都快要破了,显然已经穿了很久。她叫……叫什么呢?你来仔细看看。"女佣仔细地看着那淡淡的颜色,猜了半天,终于拼出了"海蒂"这个名字。

"海蒂?这是个好名字。你瞧,她脸上的神情多么逼真,多么像真人呀!"帕梅拉·威林顿小姐说,"我要给她做一身新衣服。"于是她立刻行动起来,用一块满是绿色枝叶的印花丝毛料为我做了一条裙子。那样式跟她小时候穿过的一件一模一样。

很快,我成了她最喜爱的娃娃,她把我放在书桌上的一个黄色迷你旧摇椅中,每天舒适地晒着太阳,听她们聊天。一有客人来,帕梅拉·威林顿小姐就会炫耀地指着我说:"瞧!那是我刚得到的娃娃。她可是一个真正的古董,有一百年的历史了呢。你们绝对想不到,她原来竟然是一个鼓囊囊的针线插垫!还是我慧眼识珠,把她拿回来,还给她做了一身衣裙。看,多合身呀!"来访的客人都欣喜地传看着我,倾听着我的故事,发出啧啧的称赞声。这让即使是不太虚荣的我,也觉得内心得到了极大的满足。要知道威林顿家的会客厅架子上,可摆着上百个娃娃呢!

我以为,这会是我人生的终点,我会在帕梅拉·威林顿小姐家永远幸福地生活下去。但世事难料,转过年来,到了春天,她的身体大不如前,虽然她从不肯承认这一点。后来她决定去乡下的一个朋友家疗养一段时间,一直到夏天结束。她对女佣说,她要坐汽车走,只带上我一个娃娃,因为只有小巧的我能装进她的包里,而且她也不舍得把我孤零零地留在书桌上。

我并不知道所谓的乡下到底在什么地方,因为我被放在书包里什么都看不到。但是当我被从书包里拿出来时，却发生了一件意想不到的事情。帕梅拉·威林顿小姐在找手套的时候，把我从包里拿了出来，并对她身旁的同伴说："亲爱的，帮我拿一下这个娃娃，我真怕车子颠簸得厉害，把她甩出去呢。"

这真是一个不好的预言！因为那时汽车正在驶过一个大坑，强烈的颠簸让大家都高声叫了一下，于是我就在她的同伴伸手准备接过我的那一刻，从开着的车窗甩了出去。"天哪！海蒂！"接着我听到了从车内传出的尖叫声，然后是刺耳的刹车声。我以难以想象的速度"嗖"地冲了出去，奇形怪状的树枝从我眼前"唰"地滑过，就像一部影片的蒙太奇手法所表现的一样。

老妇人让一位年轻人下车在道路旁来来回回地找了好几遍，但遗憾的是，他压根儿没想到我会被甩得那么远，早就被甩进树林里盘根错节的树根之间了。况且树根上覆盖着厚厚的青苔，再加上浓密的草丛，他怎么可能轻易发现我呢？因此，就像我成为帕梅拉·威林顿小姐家的一员一样，我的离开也显得那么机缘巧合，充满了传奇。

自从萨莉在那个暴雨天把我丢进密西西比河之后，我已经好久没有跟大自然这样亲近过了，虽然这里远不如在帕梅拉·威林顿小姐家那样舒适惬意，但至少还不算太坏，因为我落到地上时不是脸冲下，而是保持了一个正立的姿势，周围的树根正好围住了我，就像一把扶手椅一样。现在天气很热，应该是七月了，我朝着路边看去，雏菊和橘黄的山柳菊漫山遍野地盛开着，散发出迷人的芳香。高大的松树耸立在山坡上，发出熟悉的声音，让我想起普雷布尔家的老松树和树上的乌鸦一家。

夜色来临后，无数璀璨的星星悬挂在天空，营造出一片静谧安详的气息。那是个宁静的牧场，在我对面是大片的田地，种着牧草和庄

第十六章 回到故乡

稼。微弱的灯光隐隐约约从远处的农民房舍里露出来,带给我让人怀念的温暖。

太阳慢慢升起来了,阳光开始照射在绿色的原野上,让洁白的或是灿黄的花朵更加艳丽明媚。夜晚降下的露水打湿了我的衣服,但很快我的衣服又被阳光晒干了。"啁啾——啁啾",鸟儿们快乐地吟唱着,从松枝上飞到橡树上,这情景又让我想起了我最初在普雷布尔家时所认识的那些鸟。啊,我已经在城市里生活了这么长时间,没准儿现在就是我应该回归乡村的时候了吧,我不禁这样想着。

事实又一次证明,我的预感是多么正确——差不多一个星期后,我被人发现了,而后我才知道,这儿真的就是缅因州,我的出生地。

事情的经过是这样的:就在我一直站立在两条树根之间的时候,有几个年轻人来树林里野炊了。一个准备去树林里方便一下的男孩子发现了我,他回来时把我高高地举起来,说:"瞧,你们看我捡到了个什么?"

"就知道你不会拿回来什么珍贵的东西。不就是个旧娃娃嘛。"有人接过我,从上到下看了半天,然后嫌弃地把我扔在一旁。

"别呀,这可是我的心肝宝贝。"男孩子把我搂在怀里,装作亲吻的样子。说实话,他让我觉得很难堪,但女孩子们都哧哧地笑起来。

唉!这些年轻人,他们已经跟菲比小姐那个年代的孩子完全不能相提并论了。你看,他们穿着紧身的上衣,一直吵吵闹闹的,哪里还有一点优雅和从容的样子?

野餐结束后,我被他们带到了马车上,从他们之间的谈话中我了解到,我真的再次回到了缅因州,而且波特兰就离这里不远。一路上我还看到路边穿梭着很多没有马的新式车,让我觉得很不可思议,他们管那叫"汽车"。

这些年轻人把租来的马车还给马棚后就走了,而我就一直被留在车子后面的座位上,一直到一个星期后有人再租马车时,才把我交给了马车的主人。马车主人看看我,随手把我扔到了马棚里,马棚里堆着一些破烂不堪的马具。那个地方非常热,阳光每天直射进来,把我的红色裙子晒得都褪了色,但好在我还能看到窗外的景色,倒也不算寂寞。

"爸爸,这里怎么有一个娃娃?"终于有一天,一个清脆的声音响起来。原来是马车主人的女儿来这里做一年一次的清洁工作。

"哦,你要喜欢就把她拿走吧。快点打扫完就回家吧,这里太脏了。"父亲催促着她。

"我想下次去波特兰的时候把她带给凯莉,没准儿凯莉会很喜欢她的。"凯莉是这个女孩子的姐姐,已经嫁到城里去了,在法尔茅斯街开了一间小饭店。

"那你就快点儿把她拿走吧。"父亲有些不耐烦地说。的确,那里实在是太脏了,能够离开那儿,正合我的心意。

法尔茅斯街原本是我常听说的街道名称,那时它经常被菲比·普雷布尔提起。我真想念菲比呀!如果能再次遇到她该是多么令人高兴的事情。但显然,这是自欺欺人的想法,因为似乎真的已经过去了一百年,我从马棚办公室的日历上看到,年份的第二个数字已经从"8"变成了"9"。我很遗憾我错过了见证新世纪来临的时刻,按照我的推算,那时我应该正待在死信办公室里。

于是我又被转移到了波特兰法尔茅斯街的一家小饭馆里。但是凯莉并不让我跟她家里的孩子玩儿。她对送我来的贝茜说:"我跟你说贝茜,你在乡下待的时间久了,不知道现在的行情。现在经常有人来

第十六章 回到故乡

我们这儿看东西，说要买古董。越是古老陈旧的东西，他们越喜欢。上周还有人用刀刮了我这张木桌一下，把油泥都刮掉了，他说那是枫木做的，可以卖二十美元。二十美元呀！从来没有桌子可以卖出这个价！所以我想把前厅收拾出来，把家里的老物件都摆出来出售。这个娃娃没准儿也有人傻得想要买呢，说不定能值上一美元。"

没过多久，凯莉的设想实现了，前厅里摆放上了各种老旧的家具，有胡桃木的，有红木的，还有花梨木的，都有年头了，有的雕刻着精致的花纹，有的则显得粗糙，但木料都是极好的。这些家具上堆放着各式各样的小玩意儿，有银别针儿、一段祖母年代的花边、老旧的烟斗、铜顶针儿、针线插垫、织针等，甚至还有多年不用的平底锅、铜汤勺、火镰、小斧子和小锤子。

我被放在一个被飞蛾蛀过的坐垫上，没有人注意到我，大部分人都奔着那些看上去比较实用的物品去了。就这样过了至少有两三年。夏天，那个大厅里很热闹，有很多人来；但到了冬天，生意很冷清，屋子里也冷得要命。终于有一天，一位身材矮小的老妇人走了进来，她脸颊粉白，头发像银丝一样卷曲着。她温柔地触碰每一样东西，兴致勃勃地问东问西。

"那个铜顶针多少钱？"她问。

凯莉回答说："一美元。"其实她也不知道该要多少钱，总之要比现在商店里出售的价格贵一点罢了。

老妇人的目光感兴趣地转向我，端详了半天，忍不住微笑起来。"这个娃娃多少钱？"她问。

"几美元吧。"凯莉看出了她的喜爱，故意抬高了价钱，原来她不是想要把我卖上一美元吗？

"我只是喜欢收藏陶瓷娃娃，不过，这个娃娃很有趣，她的神情很丰富，像活的一样。看到她，我就觉得心里特别舒服。"老妇人说。

"丑是丑了点儿，不过，也许是个古董。"同来的朋友建议说，"不如就把她带回去吧。"

讨价还价之后，凯莉以两美元的价格把我出售了。这是一个两全其美的交易，凯莉认为自己多赚了一美元，而老妇人觉得我还不算贵。我被装进纸袋里，跟随老妇人坐上了车。我不知道自己的下一个居住地会是哪儿，但我真希望那里能有着和我的出生地一样美丽的乡村风景。

可我失望地发现，自己的下一个蜗居还是在一个客厅的百宝架上，周围都是各种姿态和各种颜色的瓷娃娃。她们的皮肤光滑而冰冷，神态倨傲得似乎没有一点人间烟火气儿。这儿满屋都是旧家具，我的新主人身边只有一个上了岁数的女佣。

在我到这个新家的第一个晚上，当老妇人坐在壁炉前阅读时，我突然惊讶地发现，壁炉旁边的那个餐具柜我似曾相识。餐具柜的门闩上有个粗糙的"P"字，这简直让我惊讶得不敢相信自己的眼睛——难道我真的回到普雷布尔家了吗？

不错，这四周的家具并没有太大的变化。壁炉还是当年的壁炉，并没有改小或者拆掉，只是添了几块新砖。这里就是普雷布尔家的后厅，透过窗子，我可以隐约看到那棵古老松树的巨大枝干，它的枝叶还是那样茂盛。我还记起了乌鸦和它的宝宝，还有自己被倒挂在树顶上的样子。回想起来，那一刻是多么温馨，却又多么久远呀。

我原以为这个老妇人是普雷布尔家的人，但有一天我听到她对客人说，她对这所老房子的来历一无所知，只是听说好多年前住过一家姓普雷布尔的航海人。当时她有几个选择，但当她参观过这儿后，就很自然地喜欢上了这里。"这所房子真的很迷人。屋里的家具很古

第十六章 回到故乡

老,而且布局非常合理。我最喜欢这个院子,里面有一棵大松树,估计得有几百年了。夏天这里就是一个花园,石南呀,雏菊呀什么的,到处都是。"她对朋友这样说。

哦,她哪里知道,真正了解这个家庭、知道她所不知道的故事的人是我呀!我真想多告诉她一些有关普雷布尔家的故事。

老妇人真的是个喜欢收藏的人,她经常在家里接待那些来看藏品的客人。但她出去淘货时从来不带着我。她最喜欢收集陶瓷动物小摆件,于是我的身边不断地出现各式各样的瓷器玩具,后来简直都要变成动物园了。斑点狗、瞪羚、兔子、瓷质小猪,还有野鸽子等,围绕在我身旁,让我感觉都无法正常呼吸。但我还是觉得它们与真正的小动物完全没有可比之处,荒岛上的小猴子那机灵的眼睛和锐利的爪子,让人想起来就觉得心里痒痒的。尤其是那个送我豆蔻的有着银白色脸庞的小猴子,它是我心中永远忘记不了的朋友。

冬天来了,老妇人回到城里去休养。这房间里的炉火熄灭了,整个客厅冷冰冰的,狂风在窗外怒号着。老松树的枝叶上覆盖了大团的积雪,像一朵朵洁白的菊花。当风吹过时,偶尔还有一大团雪从空中掉下来,"啪"的一声,砸在地上。我仍然待在百宝架上,只能靠回忆度过那些冰冷的日子。不知道会议厅山上的教堂里座位下面的《圣经》是不是还打开着,渴望获得更多鲸油的普雷布尔一家人到底去哪儿了呢?

天气渐渐暖和起来,鸟儿的呢喃声从窗缝里传进来,淡淡的紫丁香花的芬芳弥漫在空气中,果园里的苹果树比我记忆中粗壮些,上面出现了很深的节疤,枝干也弯曲着,粉红的花苞挂满了枝条,就像粉色的云霞。

哦,新的春天来到了,就像很多年前菲比带着我去采摘覆盆子时

海蒂：木偶百年历险记

看到的一样，到处都是欣欣向荣的景象。我甚至听到老松树的树干上又传来了乌鸦的嘈杂声，它们会不会是与我同窝的乌鸦宝宝的重重孙子呢？

第十七章
我被拍卖

　　我就在我出生的这所大房子里度过了好多个寂寞的冬天，迎来了一个又一个生机勃勃的春天。然而，当又一个春天到来后，我并没有等到温柔和蔼的老妇人，我不明白这是为什么，只是觉得她没能看到盛开的紫丁香是多么遗憾的事啊！事实上，整个夏天都过去了，老妇人仍然没有回来。透过百叶窗的缝隙，我看到香甜的覆盆子已经过了季，玫瑰和秋麒麟草开始绽放了。

　　到了九月，这间客厅的门被打开了，几个男人走进来。他们就像进了自己家一样，把所有的东西都翻了个遍，并且在每张椅子和桌子上、每张画上，甚至每个瓷器动物摆件上，都挂上了标签。

　　"弗兰克，这些物品可真够丰富的，什么类型都有。你瞧那些老家具，肯定能拍出好价钱。"其中一个人对另一个胖一些的男子说。

　　"当然，如果拍卖那天天气好，就一定能拍出个好价钱。"那个胖子望着门外金灿灿的阳光说，"瞧，外面的天气多好，会有很多游客赶来参加拍卖会的。"

　　"头儿，我们的工作进行得差不多了。瞧，都挂上了标签。"一个年轻的小伙子说，"我看，这将会是这个地区最轰动的拍卖会。别忘了，最近人们可都在为古董疯狂呢！"这些话让我如坠雾里，我只知道，我的脖子上被挂上了一个正方形标签，上面写着"75"。

　　第二天一早，这些人又出现在普雷布尔家的庭院里。家具被从

第十七章 我被拍卖

楼上抬下来，放在院子中。我被摆在一个箱子上。那天，天气真的很好，阳光直射下来，晃得我眼睛都要花了，但是我还是看到很多很多的汽车从四面八方开过来，接着打扮得千奇百怪的男女老少拥进来。十点钟，普雷布尔家的院子里已经人满为患。我被这些人吓了一大跳，因为他们穿的衣服实在是太短了，孩子们露着腿穿着短裤，女士们留着短发穿着短裙。我忍不住想，如果普雷布尔夫人看见这样一些人在自己的家里走来走去，准会气得把他们都赶出去的。很快，我就被这些人拿起来反复摆弄着，他们折腾着我的胳膊和腿脚，粗鲁地翻看着我的衣裳，嘴里一直咕哝着"古董""古董"，简直都要烦死人了。"古董"就是那个值得人们为它疯狂的东西吗？

"女士们，先生们，上午好！本次拍卖会马上就要开始了，请大家挑选好自己确定的物品，准备进入竞拍环节！"原来，那个胖子是拍卖公司的主管，此刻，他正站在台阶上，口齿伶俐地张罗着竞拍事宜。四处走动的人开始慢慢停下来，喧哗声也低了下来。

"第一个参加竞拍的是这些可爱的瓷器狗。"胖子举起了手中的皮槌，而身材轻盈的伙伴端上来一盘各式各样的瓷器狗。我误以为竞拍就是要用皮槌把它们都砸碎，那可太可惜了！我忍不住闭上了眼睛，但半天都没有听到"哗啦"的声音，于是我又把眼睛睁开了。

"一美元起拍！一美元！谁想拥有它们？"胖子哄着大家提高价钱。

"那位女士出了两美元，两美元一次！哦，那边有人出了三美元。三美元一次！三美元两次！"最后，这一盘瓷器狗以五美元的价格成交。竞拍师有点沮丧，因为这并没有达到他们预想中的价格。

场面渐渐热烈起来，一把放在厨房柜子上的铜茶壶，竟然激起了大家极大的兴趣，价格从三美元直线涨到了二百美元。竞拍师的脸涨得通红，兴奋地叫着："二百美元一次！二百美元两次！二百美元三次！好，现在这把铜茶壶是您的了，女士！"我诧异极了，这就是普雷布尔家的那个铜茶壶吗？那个常常用来泡下午茶的工具？随后，一把火钳和烟囱吊钩等工具也拍出了令我吃惊的价格。普雷布尔船长和夫人，还有菲比，他们没有看到眼前的这一幕是多么幸运啊！说真的，这一刻，虽然我的眼睛还是笑眯眯的，但心里却感觉很辛酸。

最后，终于轮到我了。说实话，这时候的我已经被吓得两腿发软了，幸而有人把我摆放在了拍卖桌上，我一手扶着裙角，一手压在装饰着花环的桌上，笑容可掬地望着大家——然而，就在大家都以为我在看着他们时，其实我的目光早已经穿过他们，看向了半空中的老松树，现在它已经有二百年的历史了，可它还是那么枝叶茂盛，还有很多乌鸦宝宝在上面做窝。远处的草地上，开着黄花的秋麒麟草正在微笑，就像很多年前菲比带我去采摘覆盆子时看到的一样。多么熟悉的景色呀！多么清新而熟悉的气味！我在他们完全注意不到的状态下深深地吸了一口气，然后继续微笑地面对眼前的一切。

假使你悲伤，也不要流下眼泪；假使你感动，也请微笑着面对一切。这是百年经历教给我的启示，如果普雷布尔夫人还在的话，她一定会为我的智慧而感到欣慰。

"女士们，先生们，接下来我们要拍的这件75号商品是——"胖子低下头推了推近视镜，查看介绍我的资料。我等待着，想知道他们会怎样介绍我。

"她是海蒂！她的内衣上绣着名字呢！"有个声音清脆的女孩说，就像当年的菲比叫我一样。我感激地望着她。

"正如这位聪明的女孩子说的一样，她叫海蒂。大家看，她的内衣已经快要烂掉了，这是因为她已经超过一百岁了，是罕见的美国早

第十七章 我被拍卖

期的工艺品，而且是手工雕琢的。我不知道她曾经经历过什么，但你们看她现在，全身依然是完整的，腿还能自由活动。而且，她的面容总是带着微笑。谁想成为这位百年一见的娃娃的拥有者呢？"竞拍师微笑着问。

"一美元！我有一美元零花钱！"那个第一个拼出我名字的女孩抢着说，"我喜欢她。"

"好！这位小姐愿意出一美元来购买这个稀有的娃娃！谁愿意出更高的价钱？"竞拍师询问着。

我引起了全场人的关注，大家把注意力都集中在了我身上。我依然微笑着，尽力保持优雅的姿态，就像普雷布尔夫人曾经要求的那样。

"两美元！""两美元！""两美元！我要了！"从人群的不同方向传出这样的声音，这声音让人听起来有一点恐慌。

"十美元！"有人大声出了远远超出那片吵闹声的叫价，那是坐在第二排的一位年轻的绅士，看上去好像很有学问。

"十美元！女士们，先生们！才十美元！大家难道不知道这是一件美国早期的工艺品吗？她是珍贵而稀有的，她已经有了一百多年的历史！"竞拍师似乎对大家的叫价仍然不满意，有些责备地说着。他并不知道我是用花楸木制成的，如果知道，我想他一定会说"她是吉祥物，能给人们带来幸福"，这样，我的价格可能会更高。

"十五美元！"人群后面突然爆发出一个粗哑的声音，那来自一位中年女人。她的声音透着某种俗不可耐的粗鲁，还有欲望，当然，我有从一百多年的经历中所得到的判断力。这并不是什么高超的本领，这是阅历——如果你也在全世界旅行过，而且与各种各样的人打过交道，从他们的脸上看到过豁达与贪婪，单纯与复杂，善良与卑劣，甚至祈求与绝望，你也会像我一样，对人的本质有着某种直觉的判断力。

现在，这种直觉告诉我，她并不是我所喜欢的那类人。她远没有普雷布尔夫人那么善良优雅，也没有两位拉拉比小姐那么温柔敦厚，更不像帕梅拉·威林顿小姐那样智慧爽朗。当然，如果我不得不落在她的手上，那我也无能为力，只能再次开启另一段冒险的旅程。

正在这时，站在老松树下的一位老绅士轻声叫道："十六美元！"他只比那位女士多加了一美元。阳光透过老松树的枝干投下斑驳的树影，让这位老绅士显得更加神秘而有魅力。不知为什么，他让我一下子想起了普雷布尔船长，一样清澈而明朗的声音，一样看似随意却认真的神态，我开始对他有了好感。

他没有戴帽子，头发和胡子都白了，但他抿着嘴，似乎对我真的很感兴趣。

"二十美元！"那个女士有些被激怒了，她猛地叫出了新价。

"二十一美元！"老人不紧不慢地跟着，还是多加了一美元。人群开始安静下来，大家都等着，看他俩之中的谁能坚持到最后。

"二十五美元！"女人不甘示弱地又叫出了新价。

胖子手中挥舞着皮槌，叫着："二十五美元一次！如果没有人再出新价钱，这个娃娃就归那位女士了。"

"二十五美元！"我看着眼前的这一幕，想到自己竟然值二十五美元，就觉得很好笑。当年，让我来到这个世界的"父亲"——那个沿街叫卖的小贩绝对想不到，他亲手制的娃娃，有一天会值这么昂贵的价钱。如果他知道这一点，他一定会放弃他那沿街叫卖的事业，多雕刻几个像我这样的娃娃的。

"二十五美元五十美分！"老先生只加了五十美分，就让那位女

第十七章 我被拍卖

士的"二十五美元成交"的愿望泡汤了,这真的让我很欣慰。

"三十美元!即使再贵些,我也要!"胖女人又喊出了一口新价。我想,现在她根本不是想要得到我,她更在乎的是把自己的对手比下去。

"三十一美元!"老先生又加了价,就这样,价钱一路飙升。后来,围观的人都觉得我已经贵得离谱了,根本没有必要购买了。可两位还在持续加价,直到那位女士紧紧地握住自己的手袋,喊出了五十美元。人群骚动起来,有人轻声议论这价格是不是太高了,有人轻轻摇头,跟同伴介绍着我的价值。

竞拍师把木槌举得高高的,兴奋地环顾着人群,说:"五十美元一次!五十美元两次!如果没有人加价,那么这个稀有的娃娃就是那位女士的了。"

那位女士觉得自己胜券在握了,没有等到最后一槌敲下,就转身走出了人群。就在这时,从老松树那边传来一个声音:"五十一美元!"然后我知道自己得救了。

竞拍师把木槌举得高高的,立刻喊道:"五十一美元!五十一美元两次!——五十一美元三次!"木槌"咣"的一声砸在桌子上,"这个娃娃是那位老先生的了!"

听到这话,那个女士回过头来,脸上满是惊愕,但一切都来不及了。

随着那"咣"的一声,我一个倒栽葱从桌子上跌落了下去,好像我已经站得太久,终于站不住了。人群中发出一阵善意的哄笑,气氛不再像刚才那么紧张了。老先生走过来,捡起我,帮我理了理裙子。他的神态那么安详而熟悉,真的让我觉得很舒服。不知为什么,他让我想起我的"父亲"——那个沿街叫卖的小贩,他的手那么温暖,就像最初那个小贩给我留下的感觉一样。

接下来是午餐休息时间，我很担心那个女士会返回来将我重新纳入她的魔爪，所以当老先生快速地结完账就准备带着我提前离开时，我感到无比欣喜。

"来吧，海蒂，跟我回家吧，我想你一定疲惫不堪了。"他细心地用绸子手绢把我包上，放进自己的上衣口袋里，还把我的脸露出来，让我可以看一看外面的风景。

啊！那真是美好的一天。天空瓦蓝瓦蓝的，几朵淡淡的白云在空中轻轻飘动，一切都轻松惬意得让人想要笑出声来。阳光照在那些碧绿、深红、茶褐色的树叶上，闪着金色的光芒，而那些颜色斑斓的果子，笑逐颜开地望着我，似乎也在为我感到开心。这一天，与我跟着普雷布尔船长离开家的那一天多么相像呀！时间虽然已经过去了一百年，但是除了几幢新建的高楼大厦和一些像甲壳虫似的汽车外，这里的景象并没有什么太大的不同，草地还是那样柔软，远处的岛屿还在那儿站立着，一百年来，它们并没有移动自己的位置。

"我不知道我这么做是不是值得，因为我本来是要买针织地毯、瓷器茶具和温莎椅这些东西的，但是我认为，我花这么贵的价钱得到你，一定是会得到亨特小姐的认可的。"老先生微笑着，假装严厉地对我说。然后他小心地带着我，走过了那条我熟悉的街道。一路上，很多友好的人向我们打招呼，邀请我们坐车，但他都婉言谢绝了。在这块土地上散步是我的一个梦想，在一百年后，这个梦想终于实现了。而这个时候，菲比可能早已经不在这个世界了。

"亲爱的海蒂，我的女士，接下来，我们要乘坐火车了。我想，你大概还没有离开过缅因州吧，而且肯定没有坐过火车。那么，就跟着我开始我们的旅行吧。"说着，他小心翼翼地把我放进一个包里。那一刻，我们正乘坐着火车越过通往新罕布什尔州的州际线。

第十七章　我被拍卖

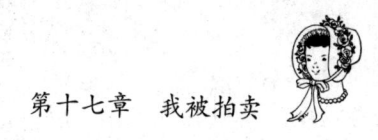

噢，可怜的先生，他还以为我是个没出过门、没见过世面的小姐呢。我不由得暗自笑了一下。是啊，谁都有可能犯错误的，当面对未知的世界时，最睿智的人也会有失误。要知道，我的年龄足以当他的阿姨了，甚至可以当他的奶奶，虽然看上去他更老一些。

后　记

"这可是博物馆里才能见到的古董！"年纪并不是很年轻的亨特小姐——那位老先生的东家、纽约第八大道上的古董店的老板，正在观察着我的身材、线条和表情。老先生站在一旁，有些得意又有些忐忑不安地望着她。

"我不知道我花了大价钱得到她对不对。不过，照我看来，她远不止这个价钱。可是，我还真没看出她到底是什么质地，不像是楸木，也不像是枫木，既不是山核桃木，更不是松木。"老先生有些疑惑地说。

"不论是什么木材，至少她还是很完整的。看来，一百年的光阴没少折磨她，依我看，她脸上的色泽本来应该是亮粉色的，但现在你看，已经磨损得只能看到一点点痕迹了。"亨特小姐仔细地端详着我，指着我的脸说。

"是啊，她经受住了岁月的考验。从这一点来说，我们肯定比不过她。"老先生有些伤感地说，"人的生命实在是太短暂了。可能就是因为这个原因，人们更愿意看到古董，希望能够了解比他们年纪大得多的东西。"

此后，我就成了这家古董店的明星了。我被安放在一张松木长凳上，周围放着一些专属于我的物品，比如一块迷你针织地毯啦，一个海螺壳啦，一个小床架啦什么的，这些都是老绅士外出淘宝时给我带回来的礼物，亨特小姐担心他这样会把我宠坏，有时就会开玩笑地把我藏起来，并对老绅士说已经把我卖掉了。但是我知道，他们两个谁

后记

都不会舍得让我离开的。亨特小姐还在我的裙子上钉上了一张写有我名字的纸片,这样来来往往的人可以直接叫出我的名字,这让我很安心,因为我实在不想让一个陌生人的手在我身上摸来摸去。

"快看!那儿有一个木头娃娃!"有时,偶然来到这儿的游客会这样惊喜地喊道,但当他们看到亨特小姐为我标上的高得吓人的价签时,总会摇摇头遗憾地走开。而经常在这附近散步的人,会隔几天就来看看我,向我打个招呼。而我,总是面带微笑地看着他们,在他们需要我的时候,我从来没有让他们失望过。

呵呵,渐渐地我越来越喜欢这个古董店了。它让我可以看到形形色色的人,而且,还提供了纸和笔,让我可以把我的故事写下来。

更重要的是,我清楚地知道,我的历险还远没有结束,在每一位新到店的客人中,总有一位是命中注定要带着我踏上新旅程的人吧?

也许明天，或者是后天，就会有更传奇的经历等着我。要知道，世界永远都在为我们提供新的历险机会。现在，窗外正飞过一架发出嗡嗡声的银白色巨型蜻蜓——人们把它叫作"飞机"，也许很快它就会带着我飞向遥远的天空吧，就像当年的那只乌鸦干的事情一样。

我还年轻着呢，我期待着下一个一百年更加新奇的旅程。毕竟，对于一个千锤百炼的花楸木娃娃来说，还有什么是值得害怕的呢？嗨！加油吧，朋友们，让我们期待着再次相会！